MAXIMES,

PRÉCEPTES ET RÉFLEXIONS.

PARIS. — DE L'IMPRIMERIE DE RIGNOUX,
rue des Francs-Bourgeois-S.-Michel, n° 8.

MAXIMES,

PRÉCEPTES ET RÉFLEXIONS

SUR DIFFÉRENS SUJETS

DE MORALE ET DE POLITIQUE;

Par M. le Duc de Lévis,

DE L'ACADÉMIE FRANÇAISE.

Cinquième édition,

REVUE ET AUGMENTÉE.

Si non nova, novè.

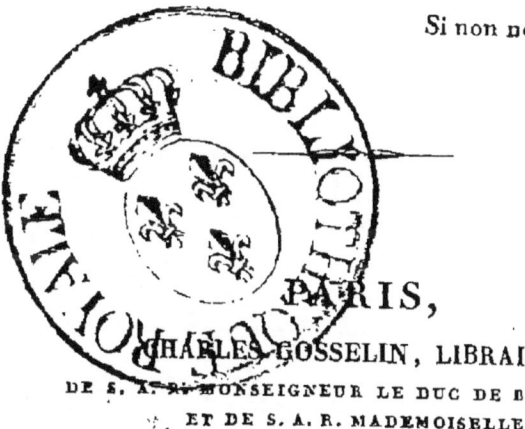

PARIS,

CHARLES GOSSELIN, LIBRAIRE

DE S. A. R. MONSEIGNEUR LE DUC DE BORDEAUX,

ET DE S. A. R. MADEMOISELLE.

———

M DCCC XXV.

AVERTISSEMENT

DU LIBRAIRE-ÉDITEUR

SUR CETTE NOUVELLE ÉDITION.

Voici la cinquième édition d'un ouvrage qui, publié pour la première fois en 1807, obtint le plus rapide succès. Ce succès ne pouvait être, à cette époque, que la conséquence du mérite de l'ouvrage; l'illustration personnelle de l'auteur formait alors une prévention nuisible plutôt qu'un préjugé favorable aux écrits qu'il laissait échapper de sa plume. C'est le même ouvrage que le nouvel éditeur a obtenu de M. le duc de Lévis la permission de publier de nouveau. Il est augmenté de plus de cent pensées inédites et de deux chapitres qui n'ont point encore paru, *sur la Cour* et *sur la Noblesse.*

Quelques corrections ont été faites; elles portent uniquement sur le style, et n'attestent que le soin de l'auteur à perfectionner tout ce qu'il écrit.

Mais, constant dans ses principes comme dans ses sentimens, M. le duc de Lévis n'a rien changé à ses réflexions sur la morale et sur la politique. Aujourd'hui qu'il occupe, à la cour et dans le premier corps de l'état, le rang et les dignités auxquels sa naissance et ses talens lui donnent des droits, il pense et il s'exprime comme il a pensé, comme il s'est exprimé dans un temps et sous un régime bien différens. Telle est la noble indépendance de son esprit, que, n'ayant rien donné sous l'empire à la crainte de blesser une autorité ombrageuse et terrible, l'heureux changement

survenu dans sa position sociale ne lui a im-
posé l'obligation d'aucun nouveau sacrifice. Il
y a des vérités éternelles qui sont à l'abri des
variations politiques. Suivant les circonstances, il peut y avoir plus ou moins de courage
à les proclamer; mais il n'est jamais permis à
l'écrivain moraliste de les taire, ni même d'en
affaiblir l'autorité. Le public a rendu cette
justice à M. le duc de Lévis, que, par le fond
des pensées, il s'est montré digne de la mission à laquelle il s'est dévoué, comme par la
tournure piquante des formes et par les graces
d'un style fécond en rapprochemens inatten-
dus, en locutions neuves et originales, il a
justifié, au moins pour une partie, l'épigraphe
beaucoup trop modeste qu'il a adoptée.

L'utilité et l'agrément de son livre n'ont
jamais été contestés, et le système actuel de
notre organisation politique ne peut manquer

d'accroître le nombre de ses lecteurs. Tout ce qui jette du jour sur les intérêts moraux et matériels de la société est devenu une nécessité de tous les jours, de tous les instans. On lit aujourd'hui pour s'instruire, pour s'associer avec des idées fixes et positives aux grands débats de la législation, pour apprécier les actes des administrateurs, pour juger des progrès de la civilisation; et l'on veut prononcer sur le tout d'après les règles de la justice et du droit public.

Peu d'auteurs sont placés plus avantageusement que M. le duc de Lévis pour satisfaire à ce besoin commun de tous les Français. De la hauteur où il est élevé, nul n'a plus que lui les moyens d'étendre au loin ses observations; et tandis que sa position le rend inaccessible aux suggestions de l'envie, défaut trop ordinaire des classes inférieures, la modération de son caractère le garantit des illusions non moins communes de la grandeur et de la vanité. Il ne flatte aucun intérêt, ne ménage aucune passion; son livre est, en quelque sorte, le manuel du courtisan, du législateur, de l'homme public; c'est aussi celui du peuple; il n'est personne qui ne profite à le lire et à le méditer.

C'est parce que l'éditeur est profondément convaincu de l'utilité générale dont l'ouvrage peut être, qu'il s'est déterminé à le publier dans le format in-32; ce format est commode; il permet au lecteur de porter le livre à la campagne, à la promenade, d'en faire tour à tour un objet d'étude et de délassement. La partie typographique a été traitée avec soin; l'éditeur n'a pas cru pouvoir mieux répondre sous ce rapport à la confiance dont il a été honoré par M. le duc de LÉVIS et au

a.

vœu des amateurs, qu'en en remettant l'impression à M. Rignoux, dont la réputation, déjà si justement étendue, s'accroît à chacune des productions nouvelles qui sortent de ses presses.

Charles Gosselin.

Paris, 10 Mai 1825.

N. B. Les *pensées nouvelles*, dont cette édition est augmentée, sont marquées d'un astérisque.

AVANT-PROPOS.

—

Il en est de la forme des livres comme de la physionomie des personnes : l'impression que l'une et l'autre produisent est favorable ou fâcheuse , indépendamment du mérite des individus ou des ouvrages.

Or , la forme sentencieuse est peut-être celle de toutes qui dispose le moins favorablement le lecteur , soit qu'elle inquiète son amour-propre, parce qu'il craint que des reproches ne soient cachés sous des préceptes, soit que la détermination trop commune de ne pas profiter des conseils du moraliste porte à le quereller ; à peu près comme ces malades imprudens qui révoquent en doute l'habileté du médecin, lorsqu'ils sont décidés à ne faire aucun remède.

C'est donc avec peine que je me suis déterminé à présenter mes idées de cette manière ; mais je n'ai pu éviter un inconvénient qui tenait à la nature du sujet. En effet, dans une matière presque épuisée, tout traité, toute dissertation ne peut être qu'une compilation fastidieuse. En morale surtout, il serait indispensable de répéter des choses aussi bien pensées qu'exprimées heureusement ; et qui sont gravées dans la mémoire, comme elles le devraient être dans le cœur de tous les hommes. Ne serait-on pas obligé de commencer un pareil livre par ce précepte : « *Ne faites pas à autrui ce que vous ne voulez pas qu'on vous fasse?* » Ne devrait-on pas dire immédiatement après : « *Faites pour autrui ce que vous voudriez que l'on fît pour vous?* » L'une de ces maximes est l'abrégé de tous les devoirs, tandis que l'autre comprend la règle de toutes les vertus. Comment ensuite se dispenser de citer la plupart des vérités sublimes qui brillent dans les ouvrages de Zoroastre, Salomon, Confucius; écrits qui ne vieillissent pas plus que le diamant?

Voudra – t-on se borner à traiter

quelque branche particulière de la science des mœurs, on éprouvera des difficultés également insurmontables. Comment faire un traité de l'amitié après celui de Cicéron, écrire sur la patience après Épictète? Ainsi l'on reconnaîtra que La Rochefoucault n'a presque rien laissé à dire sur l'amour-propre; que la plupart des règles de conduite se trouvent dans Nicole ou dans Charron; que les observations les plus fines et les plus piquantes sur le cœur humain, ses penchans et ses faiblesses, ont été faites par Montaigne et La Bruyère, et que les principaux caractères ont été merveilleusement décrits par Théophraste et Molière.

Que reste-t-il donc à dire? quelques vérités éparses, quelques réflexions isolées ; peut-être aussi les circonstances présentes peuvent-elles fournir un petit nombre de conséquences utiles et de nouveaux rapprochemens. Mais, si l'on cherche à classer ses idées, à y mettre de la suite et de la liaison, enfin si l'on prétend en former un corps d'ouvrage, on tombera dans des réminiscences inévitables.

Dans tous les temps, il est bon d'éviter les répétitions ; mais dans celui-ci, l'on ne doit pas même risquer des développemens un peu étendus. L'oisiveté a si peu de momens à donner à des choses sérieuses, que la nou-

veauté même n'est admise qu'autant
qu'elle se présente dans un léger équi-
page. Toutes les heures sont comptées
par la frivolité : les raisonnemens lui
font peur. On aime mieux croire sans
preuves ou douter sans raison, que de
ne pas expédier promptement ces sor-
tes d'affaires : aussi entre-t-il dans la
précipitation que l'on met à juger, autant de paresse que de présomption.
Il semble que l'esprit veuille avoir sa
part des inventions de la mollesse, et
que ce soit surtout la tête que l'on
craigne de fatiguer. On exige donc des
auteurs que, tout en excitant la curiosité, ils ménagent l'attention ; et que,
sans s'appesantir sur le même sujet, ils

dispensent d'une application suivie. S'ils ne se conforment à cette règle impérieuse, s'ils ne donnent à leurs pensées une tournure facile, et, si j'ose le dire, une forme commode, ils courent risque, quel que soit leur mérite, de voir leurs ouvrages grossir la foule de ceux qui dorment inutiles dans les bibliothèques.

Tels sont les motifs qui m'ont déterminé à présenter les réflexions que j'ai crues utiles et les observations qui m'ont paru offrir de l'intérêt ; avec toute la précision que j'ai pu y mettre sans nuire à la clarté, afin que, si l'esprit en reconnaissait la justesse, si le goût en approuvait l'expression, la mémoire pût facilement les retenir; mais lorsqu'une vérité, exprimée en peu de mots, est présentée d'une manière absolue, c'est une MAXIME; et lorsqu'il en découle immédiatement une règle de conduite, c'est un PRÉ-CEPTE.

MAXIMES

ET PRÉCEPTES.

I.

Soyez meilleurs, vous serez plus heureux. Voilà la plus puissante leçon de morale; car elle est fondée sur l'intérêt.

II.

La morale est la conscience raisonnée.

III.

Jouissez de ce que vous possédez; espérez ce qui vous manque.

1

IV.

Conduisez-vous avec la fortune comme avec les mauvaises paies ; ne dédaignez pas les plus faibles à-compte.

V.

La crainte gouverne le monde, et l'espérance le console.

VI.

La plupart des peines n'arrivent si vite que parce que nous faisons la moitié du chemin.

VII.

Diminuez vos rapports avec les hommes, augmentez-les avec les choses ; voilà la sagesse.

Les moyens d'y parvenir sont l'étude et la campagne.

VIII.

Lorsque la résistance est inutile, la sa-

gesse se soumet, la folie s'agite, la faiblesse
se plaint, la bassesse flatte, la fierté supporte et
se tait.

IX.

Le temps le plus mal employé est celui que
l'on donne aux regrets, à moins que l'on n'en
retire des leçons pour l'avenir.

X.

Le temps use l'erreur et polit la vérité.

XI.

Il n'est donné qu'à ceux dont le caractère
est froid et l'esprit juste, de voir l'histoire de
leur temps telle que la postérité la lira.

XII.

Les évènemens prévus par les bons esprits ne manquent guère d'arriver; mais la
fortune se réserve deux secrets, l'époque et
les moyens.

XIII.

La vérité n'est si difficile à connaître que parce qu'il y a encore plus de trompés que de trompeurs.

XIV.

Les conséquences sont la pierre de touche des principes.

XV.

S'il est plus satisfaisant pour l'amour-propre de convaincre, il est plus sûr pour l'intérêt de persuader [1].

XVI.

Il y a tant d'esprits faux qu'il n'y a pas de mauvaises raisons. Dites-les donc toutes lorsqu'il s'agit de persuader : que savez-vous ? C'est peut-être la plus faible qui produira le plus d'effet.

---

[1] Je veux qu'on me persuade, et non pas qu'on me prouve, disait une femme d'esprit.

XVII.

Répéter, c'est persuader en détail. La force et la raison ne résistent guère à des insinuations sans cesse renouvelées [1].

XVIII.

Il est encore plus facile de juger de l'esprit d'un homme par ses questions que par ses réponses.

XIX.

Lorsque vous écoutez, regardez si vous devez croire.

XX.

Puisque les hommes sont pour la plupart injustes, et qu'ils sont partout divisés en deux classes, les puissans et les faibles, tâchons,

---

[1] La musique, qui a tant de pouvoir sur les hommes, ne parvient à les émouvoir que par des répétitions. Il n'y a pas un air pathétique où le même *motif* ne revienne plusieurs fois ; et c'est ainsi qu'il touche.

par tous les moyens que la vertu autorise, de nous placer dans la première, non pour être oppresseurs, mais de peur d'être opprimés.

XXI.

Attiré par la nouveauté, mais esclave de l'habitude, l'homme passe sa vie à désirer le changement et à soupirer après le repos.

XXII.

Le passé est soldé, le présent vous échappe, songez à l'avenir.

XXIII.

Le temps est comme l'argent; n'en perdez pas, vous en aurez assez.

XXIV.

Damon est toujours pressé... Damon est oisif ou incapable.

XXV.

L'oisiveté est la rouille de l'ame.

XXVI.

L'oisiveté est aussi fatigante que le repos est doux.

XXVII.

L'ennui est une maladie dont le travail est le remède ; le plaisir n'est qu'un palliatif.

XXVIII.

On se lasse de tout, excepté du travail.

XXIX.

Le travail du corps a ce grand avantage, que le repos qui le suit est sans inconvénient pour les mœurs.

XXX.

La plainte console des maux que la paresse entretient.

XXXI.

L'humeur porte sa peine.

XXXII.

L'étude réunit tous ces avantages, qu'elle distrait des peines, adoucit les souffrances, diminue les besoins, console des pertes, en même temps qu'elle augmente les jouissances de l'amour-propre.

XXXIII.

Le génie crée, l'esprit arrange.

XXXIV.

Newton voit tomber une pomme, et découvre les lois qui régissent l'univers. Les conséquences sont les échelons du génie.

XXXV.

Le génie recule les limites du possible.

XXXVI.

Il n'y a d'impossible que ce qui implique contradiction.

XXXVII.

Tout est relatif, excepté l'infini.

XXXVIII.

La guérison spontanée d'une égratignure est plus admirable que tous les chefs-d'œuvre de l'industrie humaine.

XXXIX.

L'homme perfectionne, mais ne *parfait* pas.

XL.

Le doute est une mer agitée dont la religion est l'unique port.

XLI.

Si la religion peut soumettre la raison au point de croire d'incompréhensibles mystères, jamais la conscience ne doit perdre son autorité. Dieu, en la plaçant dans le cœur de l'homme, a voulu faire reconnaître, par la

morale, la mission de ceux qui parlent en
son nom.

XLII.

La piété a sa pudeur, et c'est la preuve la
plus certaine de sa sincérité; l'hypocrisie ne
saurait l'imiter.

XLIII.

Puisque les hommes sont pour la plupart
faux, inconstans ou faibles, la bonne foi a
besoin de caution. La meilleure est la religion; vient ensuite l'honneur, puis l'habitude
de faire le bien.

XLIV.

La science n'avance si lentement que parce
qu'il est très-rare que le génie se trouve réuni
au talent et au goût de l'observation.

XLV.

Lorsque l'on joint à une imagination vive

un esprit juste et la force de méditer, on a
tous les élémens du génie.

XLVI.

L'imagination peint, l'esprit compare, le
goût choisit, le talent exécute.

XLVII.

Le goût est la raison sentie.

XLVIII.

Commencez avec réflexion, suivez avec
activité, et persévérez, vous aurez alors moins
à vous plaindre de la fortune, que vous ne
cessez d'accuser.

XLIX.

Persévérance vaut mieux qu'adresse.

L.

L'amitié obtient, l'importunité arrache,
mais l'exigence repousse.

LI.

L'adresse séduit, l'enthousiasme fait des prosélytes, la candeur donne des amis.

LII.

Certaines plantes ne peuvent croître que dans un bon terrain, comme il y a des pensées qui ne peuvent germer que dans un bon cœur.

LIII.

La finesse n'a guère plus de peine à tromper l'esprit qu'à duper la bêtise.

LIV.

Lorsque la malignité affecte de se montrer compatissante, ne vous y trompez pas, elle cherche à exciter l'indignation contre les auteurs des maux qu'elle feint de déplorer.

LV.

On ne prise tant ceux qui travaillent pour

la gloire, que parce que l'on est sûr de leur désintéressement.

LVI.

Dans les grands cœurs, l'amour de la gloire occupe la place que la vanité remplit dans les ames vulgaires.

LVII.

La fortune peut enivrer l'homme généreux, et lui donner de la présomption ; mais ce n'est que dans les ames basses qu'elle engendre l'insolence.

LVIII.

De tous les sentimens, le plus difficile à feindre c'est la fierté. Il n'est pas au pouvoir des ames vulgaires de l'imiter : dans l'infortune, elle soutient le courage et donne de la dignité ; dans la prospérité, elle rend affable et contraste avec l'insolence de la bassesse parvenue.

LIX.

Quelque idée que l'on ait de la crédulité du peuple et de la bassesse des courtisans, on est toujours au-dessous de la vérité.

LX.

Sans la bassesse, le ridicule ferait justice des insolens.

LXI.

Il y a des gens pour qui l'honneur est un calcul; ne les troublons point, le public est intéressé au succès de cette spéculation.

LXII.

* La conscience est la raison du cœur.

LXIII.

Un cœur parfaitement droit n'admet pas plus d'accommodement en morale, qu'une oreille juste n'en admet en musique.

LXIV.

Si la politique autorise les représailles, la
morale les défend. Supportez donc sans vous
venger les mauvais procédés de vos proches;
vos devoirs envers eux n'ont rien de commun
avec ces traités que l'infidélité d'une des par-
ties contractantes suffit pour annuler.

LXV.

Établissez l'ordre, l'habitude l'entretiendra.

LXVI.

L'économie est fille de l'ordre et de l'assi-
duité.

LXVII.

Le bonheur est l'absence des peines, comme
la santé est l'absence des maladies. C'est un
état de calme qui n'avertit pas de même que
le plaisir ou la douleur : aussi, sans les ré-
grets, on ne saurait pas que l'on a été heureux.

LXVIII.

Si les peines détruisent le bonheur, les plaisirs le dérangent.

LXIX.

Le bonheur est chez nous, la dissipation chez les autres.

LXX.

Les jouissances les plus douces sont celles qui n'épuisent pas l'espérance.

LXXI.

Pouvoir jouir vaut mieux que jouir.

LXXII.

Si la paternité est souvent la source de bien des maux, elle procure toujours deux grands biens; l'un d'encourager au travail, l'autre de nous donner des espérances qui s'étendent au delà du trépas [1].

[1] Si la vie était moins courte, les pères aimeraient peut-être moins leurs enfans.

LXXIII.

La bassésse trouve le moyen de dégrader ce que les hommes ont de plus noble à donner et de plus doux à recevoir, les louanges méritées.

LXXIV.

L'exagération, cette malavisée, auxiliaire de ses ennemis, ennemie de ses amis, incessamment abaisse ce qu'elle veut élever, élève ce qu'elle prétend diminuer, ôte toute créance à la vérité, et s'ôte à elle-même tout crédit.

LXXV.

Mes amis, souffrez que l'on exagère mes défauts devant vous ; car l'exagération *rapetisse*, et me sert mieux que ne pourrait faire votre zèle, qui exagèrerait à son tour.

LXXVI.

Peu de gens gagnent à être vus de bas en haut.

2

Fortune, que ne laissez-vous chacun à sa place! Damon était médiocre ; en l'élevant, vous en avez fait un sot.

LXXVII.

Si vous étiez grand, vous ne monteriez pas sur des échasses.

LXXVIII.

L'envie décèle la médiocrité ; les grands caractères ne connaissent que les rivalités.

LXXIX.

L'admiration préserve du malheur de l'envie.

LXXX.

L'émulation étouffe l'envie.

LXXXI.

Les faiblesses des hommes supérieurs satisfont l'envie et consolent la médiocrité.

LXXXII.

Le succès couvre les fautes, les revers les rappellent.

LXXXIII.

L'ingratitude ne décourage pas la bienfaisance ; mais elle sert de prétexte à l'égoïsme.

LXXXIV.

Le pardon des injures est un effort que la religion a dû prescrire; car le désir de la vengeance est dans la nature comme le talion dans la justice [1].

LXXXV.

Celui qui n'éprouve pas un ressentiment proportionné à l'injure n'a pas d'élasticité

---

[1] Bonnes ames, qui ne voulez pas croire que la vengeance soit dans la nature, les nourrices en savent plus que vous : lorsque les enfans se heurtent, elles frappent ce qui les a blessés, et le petit homme est consolé.

dans l'ame, et n'est pas loin de la bassesse;
mais le repentir éteint le désir de la vengeance dans un cœur généreux.

LXXXVI.

La générosité pardonne, et l'imprudence
oublie.

LXXXVII.

Vous êtes offensé, et vous brûlez du désir
de vous venger... Arrêtez; êtes-vous bien sûr
que ce n'est pas vous qu'il faudrait punir?

LXXXVIII.

Votre plus grand ennemi n'est pas toujours
celui à qui vous avez fait du mal; il peut être
généreux : mais si vous avez été offensé par un
lâche, soyez sûr qu'il voudra éternellement
votre perte; car il craint votre ressentiment;
et la crainte ne pardonne pas.

LXXXIX.

La vertu est le triomphe de la générosité
sur l'intérêt.

XC.

La délicatesse est la fleur de la vertu.

XCI.

. La vertu, relativement à l'état, est la soumission aux lois, comme dans les relations privées, c'est l'exercice constant de la justice naturelle.

XCII.

Le patriotisme consiste à aider son pays de sa personne et de ses biens au delà de ce que les lois prescrivent, comme la bienfaisance consiste à dépasser ses devoirs envers les autres hommes.

XCIII.

Donner est un plaisir, et payer est un devoir : il n'y a donc de mérite à donner que lorsqu'on se prive.

XCIV.

La plupart de ceux qui passent pour géné-

reux acquièrent cette réputation à bon marché. Consultez leurs créanciers.

XCV.

Ne comptez pas sur la justice de celui dont
l'esprit manque de justesse.

XCVI.

La raison est la base et la garantie de la
vertu.

XCVII.

La raison n'a pas de prise sur les esprits
faux; c'est donc peine perdue que de chercher
à les convaincre. Si vous êtes le plus fort,
faites-vous obéir, sinon rangez-vous.

XCVIII.

Le courage est compatissant, la faiblesse
égoïste. Ainsi ne comptez pas sur l'assistance
de celui à qui la plainte est familière : dans
l'occasion, il pourra vous plaindre; mais il
est douteux qu'il veuille vous secourir.

XCIX.

Notre première parole d'honneur appartient à la vertu; c'est cette priorité qui ordonne de manquer à sa promesse lorsque l'on s'est malheureusement engagé à faire une mauvaise action [1].

C.

La justice est dans le cœur, l'honneur dans l'opinion.

CI.

L'honneur est fils du courage et de la vanité.

CII.

La fierté est le courage dans une ame élevée.

---

[1] Le faux honneur l'emporte trop souvent sur le repentir. Telle femme n'a été à un rendez-vous coupable, promis dans un moment d'ivresse, que pour ne pas manquer à sa *parole d'honneur*.

CIII.

Réformez les mœurs, vous aurez besoin de moins de vertus.

CIV.

L'esprit d'observation procure un avantage bien plus grand que celui de satisfaire une curiosité raisonnable ; en nous apprenant combien en général les hommes sont injustes, il nous prépare à l'injustice : ainsi, lorsqu'elle nous atteint, nous en sommes moins blessés ; et la considérant comme une infirmité de l'espèce plutôt que comme le tort d'un individu, nous sommes moins exposés au malheur de haïr.

CV.

Vous qui voulez connaître les hommes, méfiez-vous des livres, observez beaucoup, et surtout voyagez.

Les préjugés sont comme ces plantes qui perdent leur force sous un ciel étranger.

CVI.

Souvent l'esprit de système rend les sens complices de l'imagination ; n'adoptez donc qu'avec la plus grande circonspection les expériences faites dans la vue de justifier une théorie.

CVII.

Si vous avez le loisir d'écrire, et que vous croyiez avoir le talent de composer, réfléchissez beaucoup et lisez peu : vous n'aurez toujours que trop de mémoire [1].

CVIII.

Écoutez les conseils, et bravez la critique.

CIX.

La critique n'est pas aisée, mais l'art est plus difficile.

---

[1] Horace traitait mal les imitateurs de son temps (*imitatores servum pecus*). Qu'aurait-il dit des compilateurs du nôtre ?

CX.

Il n'y a pas de langue assez riche pour exprimer, sans périphrases, ceux des mots d'une autre langue qui ont rapport aux opérations de l'entendement. Voilà pourquoi ce genre d'étude ouvre l'esprit en même temps qu'il exerce la mémoire.

CX I.

Rarement ce que l'on n'entend pas sans peine vaut-il la peine d'être entendu.

CX II.

Il y a cette ressemblance entre les ouvrages d'esprit et ceux que l'on fait dans les jardins où l'on veut imiter la nature, qu'il ne faut cesser de travailler que lorsqu'il n'est. plus possible de voir le travail.

CX III.

La force de l'expression est en raison de

l'énergie de la pensée, comme la force d'un
jet d'eau indique la hauteur du réservoir.

CXIV.

L'amitié double l'existence, la paternité
et l'amour de la gloire la prolongent.

CXV.

Lorsque l'on est réduit à ne pouvoir justifier ses amis, il faut encore les défendre.

CXVI.

La grande difficulté dans l'éducation consiste à tenir les enfans dans la soumission
sans dégrader leur caractère.

CXVII.

Voulez-vous juger, relativement à la cul-
ture de l'esprit, de l'éducation d'un enfant,
ne vous informez pas de ce qu'il sait : vous
pourriez être dupe de sa mémoire ou de la
charlatanerie du maître ; mais examinez si on

lui inspire le goût du travail, ou du moins
si on lui en donne l'habitude.

CXVIII.

On apprend à travailler de la tête comme
des mains; mais, au moral comme au physique, l'éducation qui développe tout ne crée
rien.

CXIX.

L'éducation n'est qu'un exercice raisonné
et suivi.

CXX.

Les talens sont innés, l'éducation les développe, les circonstances les mettent en jeu
ou les rendent inutiles.

CXXI.

Les êtres faibles sont d'autant plus irrités
de la résistance, qu'ils ne se sentent pas les
moyens de vaincre les obstacles. C'est donc

réellement par impuissance qu'ils sont impérieux. Voyez les enfans et les femmes.

CXXII.

L'esprit de domination se montre dès la première enfance, diminue pendant la jeunesse, et ne revient aux vieillards qu'avec la faiblesse.

CXXIII.

Celui qui est impérieux cherche à subjuguer tout ce qui l'environne plutôt qu'à étendre son empire. Ses désirs sont bornés, ses moyens petits, sa colère grande.

L'ambitieux, au contraire, moins occupé de ce qui est près de lui que de ce qui est en avant, regarde sans cesse à l'horizon. Dans sa course, il franchit, renverse, mais il n'écrase pas; car il lui suffit de s'élever. Enfin, si ses désirs insatiables sont plus grands que ses moyens, il a au moins de la force dans la volonté, de l'énergie dans le caractère, le

mépris des petites choses, et de la grandeur
dans les desseins.

CXXIV.

Le respect est toujours le résultat d'une
supériorité reconnue de pouvoir ou de mérite ; la faiblesse ne saurait donc l'inspirer :
aussi ce n'est point du respect que l'on doit
aux femmes (en raison de leur sexe); mais
on leur doit protection et indulgence, comme
à tous les êtres faibles [1].

CXXV.

L'ambition n'est jamais satisfaite, et cependant elle refuse toute espèce de dédommagement ; cette passion funeste remplit la
tête et ferme le cœur.

---

[1] L'espèce de culte que l'on rend aux femmes dans
presque toute l'Europe est aussi peu conforme au
vœu de la nature que les traitemens barbares dont les
peuples sauvages les accablent.

CXXVI.

Les passions diminuent ou même s'éteignent lorsque les moyens physiques de les
satisfaire s'affaiblissent; mais l'amour-propre,
toujours aux aguets, cherche à faire attribuer
à la sagesse ce qui n'est que l'effet de l'âge et
de l'impuissance.

CXXVII.

Celui qui néglige de donner des soins con-
venables à sa santé se prépare le plus grand
des malheurs, une vieillesse infirme. Celui qui
s'en occupe trop affaiblit son corps, rétrécit
son esprit et s'endurcit le cœur.

CXXVIII.

Le moyen de passer doucement la vie est
de préférer les plaisirs qui viennent de l'habitude à ceux que donne le changement.

CXXIX.

Celui qui n'est jamais content ne contente jamais.

CXXX.

Espérez beaucoup, contentez-vous de peu.

CXXXI.

Lorsqu'on se laisse emporter par une imagination déréglée, la plupart des événemens prévus restent également en deçà de l'espérance et de la crainte. Cessez donc ces vaines frayeurs qui ajoutent aux maux réels ceux que la fortune avait résolu de vous épargner; mais ne vous bercez pas non plus de chimériques espérances, parce qu'elles gâtent le bonheur, et ne font trouver que le *désappointement*, lorsqu'avec plus de modération vous eussiez été satisfait.

CXXXII.

La modération trouve encore à glaner dans

le champ du bonheur, lorsque les favoris de
la fortune semblent avoir tout moissonné.

CXXXIII.

Ce n'est pas sans de grands efforts que l'on
parvient au sommet des montagnes escarpées ;
mais il est encore plus pénible, souvent même
dangereux d'en descendre : c'est l'image du
pouvoir.

CXXXIV.

Il ne faut pas trop regarder à travers les
bonnes actions.

CXXXV.

Imprudens, n'arrachez pas à l'hypocrite le
masque dont il couvre sa turpitude. Profitons
des bons exemples, Dieu jugera les motifs [1].

[1] Les bons exemples perdent toute leur force lorsque l'intérêt paraît en être le motif. C'est une inconséquence ; mais elle est générale.

3

CXXXVI.

La bienséance est la pudeur du vice, lorsqu'elle n'est pas la modestie de la vertu.

CXXXVII.

La pensée est une inspiration, la réflexion un travail [1].

CXXXVIII.

De même que l'exercice rend le corps plus robuste, la réflexion développe et augmente les forces de l'esprit.

CXXXIX.

De tous les besoins factices, le plus dangereux est celui des émotions.

CXL.

L'homme s'ennuie du bien, cherche le

[1] Ce travail, possible à tous les hommes, est un devoir d'où découle la moralité des actions, et le droit que la société a de punir les crimes.

mieux, trouve le mal, et s'y soumet crainte de pire.

CXLI.

Puisque l'âge diminue les agrémens en nous laissant nos défauts, et que la considération est la seule indemnité de la vieillesse, tâchons de devenir plus respectables à mesure que nous devenons moins aimables.

CXLII.

Ce qu'il y a de plus difficile dans la vie, c'est de savoir jusqu'à quel point il faut chercher à vaincre la fortune avant que de se résigner à son sort. Céder trop tôt, c'est lâcheté; trop tard, c'est folie.

FIN DES MAXIMES.

RÉFLEXIONS.

RÉFLEXIONS.

SUR LA CRAINTE, L'ESPÉRANCE ET LE COURAGE.

La crainte prend l'homme au berceau, et l'accompagne jusqu'au cercueil. A peine né, il craint sa nourrice; enfant, il a peur de celui qui l'élève; dans la jeunesse, il redoute ses supérieurs; dans l'âge mûr, ce sont les revers de la fortune : s'il est bon, il craint les méchans; s'il est méchant, il craint les lois; enfin, l'homme craint la douleur, la pauvreté, l'ennui, la honte, la maladie, la mort, et, ce qui est bien pire, la perte de ce qui lui est cher.

Pour comble de misère, lorsque dans la

vieillesse il lui reste si peu de temps à vivre
qu'il ne vaut presque plus la peine de s'en occuper, un avenir mille fois plus terrible que les
maux passés et présens se présente à son imagination effrayée : il tremble devant l'éternité.

La crainte et l'espérance se partagent la
vie; le plaisir et la douleur n'occupent que
des momens.

L'arrivée du dentiste suspend la douleur,
celle du médecin la soulage. Ainsi la crainte
et l'espérance produisent souvent le même
effet; mais la peur agit toujours plus fortement
sur nos faibles organes.

La vie est en général si triste, que la terre
serait bientôt dépeuplée par le suicide, si
l'espérance ne retenait les braves, comme la
peur arrête les poltrons.

La crainte a plus d'influence qu'on ne le

croit généralement sur les opinions religieuses, et souvent elle produit des effets op-
posés. Tel homme, repoussant les doutes qui
se présentent à son esprit, parvient à se faire
bon chrétien de peur que l'incrédulité ne
le conduise droit en enfer, tandis que d'autres
ne veulent point absolument croire en Dieu,
afin de n'avoir rien à démêler avec le diable ;
ce qui est bien plus commode lorsqu'on a une
morale relâchée.

Le courage et bien d'autres qualités sont
innés, dites-vous, rien n'est plus sûr : cependant voici, pour donner du courage, une
recette dont on se trouve généralement bien
en Europe. Prenez trois aunes de gros drap,
un mauvais chapeau à trois cornes, un fusil
et une giberne. Affublez de cet attirail un
pauvre paysan timide et poltron ; dites-lui,
pour le rassurer, que s'il recule d'un pas
vous lui brûlerez la cervelle ; et au bout de
deux mois d'exercice et de pain de munition,

vous aurez un brave guerrier : mais si vous tenez absolument à avoir un héros, il faudra faire encore la dépense d'un grand bonnet de peau d'ours, et de deux grenades de cuivre doré.

Si, pendant le combat, l'honneur et la discipline n'étaient pas en serre-file, il n'y a pas d'armées en Europe où il restât plus de dix hommes par bataillon.

Voyez-vous ces braves qui vont monter à l'assaut; comme ils courent !... Quelle audace ! — Ne vous y trompez pas; ils n'iraient pas si vite s'ils n'avaient pas un peu peur.

Tel court au danger qui n'oserait l'attendre.

L'honneur, l'exemple, la vanité, la colère et l'eau-de-vie peuvent augmenter momentanément le courage, et même y suppléer. L'intrépidité, calme de sa nature, trouve toute sa force en elle-même : loin de chercher à s'é-

tourdir sur le danger, elle veut le voir tout
entier; et, pendant qu'elle le brave, on la reconnaît à son inaltérable sang-froid.

La témérité est si différente du vrai courage, que souvent celui qui s'expose à un
danger inutile ne sait pas souffrir avec fermeté.

Chez tous les peuples qui ont une grande
mobilité, la fermeté est plus rare que le courage.

Un malheur, quelque grand qu'il soit,
augmente le ressort des ames fortes ; mais une
longue suite d'infortunes rouille le courage et
le change en résignation.

La résignation est au courage ce que le fer
est à l'acier.

Les honneurs que l'on accorde à la résignation ont de bien dangereuses conséquences.

Ils encouragent la paresse, ennoblissent l'apathie, et font une vertu de la pusillanimité,
tandis que la résignation n'est réellement
qu'une faiblesse lorsque tous les moyens de
résistance ne sont pas épuisés.

La pusillanimité souffre sans résistance tant
qu'il y a quelque chose de plus à craindre.

O inconséquence! on conduit les hommes
à la mort par la crainte!

Il n'est pas vrai de dire que le danger ajoute
à la grandeur de l'homme courageux; mais
comme la peur rapetisse ceux qu'elle frappe,
et que tout est relatif, celui qu'elle n'atteint
pas paraît alors plus grand qu'il ne l'est réellement.

Le courage des nations policées paraît bien
moins exalté que celui des peuples sauvages:
on ne voit que chez ces derniers cette constance à souffrir, que les douleurs les plus

atroces ne sauraient ébranler, cette fermeté
qui les porte à défier les bourreaux, et à
chanter au milieu des tourmens.

Cependant le soldat civilisé s'expose avec
non moins d'audace aux plus grands dangers ;
mais s'il brave la mort, il cède à la douleur,
et souvent les blessures lui arrachent des cris.
Il me semble que c'est plutôt dans la différence du genre de vie que dans celle des institutions, qu'il faut chercher l'explication de
ce singulier phénomène. N'est-il pas vrai-
semblable que l'habitation en plein air pendant la plus grande partie de l'année, l'habitude d'une nudité presque absolue, et un
exercice continuel, donnent du ton aux organes du sauvage, endurcissent ses muscles,
et rendent sa peau presque insensible; tandis
que l'habitude de vivre à couvert, de porter
des vêtemens toute l'année, et l'usage si commun des boissons délayantes, relâchent tout le
système chez les peuples civilisés, donnent de
l'irritabilité à leurs nerfs, et rendent par con-

séquent leurs corps plus sensibles au plaisir
et à la douleur ? Il est donc présumable que
le sauvage ne surpasse qu'en apparence l'Eu-
ropéen en courage, et que nous ne trouvons
excessives les douleurs qu'il supporte, que
parce que nous en jugeons d'après nos sensations, plus vives que les siennes.

SUR L'AMOUR-PROPRE, L'ORGUEIL ET LA FLATTERIE.

L'amour-propre est le plus souple et le
plus ingénieux des Prothées; il se plie à tout,
tire parti de tout, et ne dédaigne rien. Compagnon de l'enfance, il grandit avec l'homme,
mais ne vieillit pas comme lui ; car il survit à
ses passions, et semble hériter de ses goûts.
Dans la jeunesse, son thème favori est la
grace ; dans l'âge mûr, c'est la raison ; dans
la vieillesse, il vante l'expérience. Par lui
l'homme médiocre prétend au jugement,

l'homme d'esprit au génie, et l'homme supérieur se croit universel. Lorsque les qualités manquent, il cherche à faire prendre le change sur les défauts. L'avarice s'appelle économie, la profusion générosité, la colère vivacité, la brusquerie franchise. Celui qui tirait autrefois vanité de sa force et de sa bonne santé vous entretient aujourd'hui avec complaisance de sa délicatesse, et même de ses souffrances; il en trouve la cause dans un excès de sensibilité : enfin tel qui cachait son âge à quarante ans, l'augmente à quatre-vingts.

L'homme d'un âge mûr se console de n'être plus jeune, en pensant avec orgueil que l'expérience et la raison l'ont rendu bien plus sage. Trop souvent il a tort; mais l'amour-propre, qui a donné tant de jouissances dans le printemps de la vie, fait encore le charme de l'automne.

Existe-t-il au monde un homme assez mo-

deste pour croire qu'il n'excelle pas en quelque chose ? Amour-propre , grand consolateur
de la faible humanité , tu répands ton baume
universel sur toutes les classes de la société.
Les travaux les plus simples des champs, les
occupations les plus basses des villes ont aussi
leurs prétentions , et la vanité sait en tirer des
jouissances , comme des plus hautes dignités
de l'état.

Lorsque enfin les hommes sont forcés de convenir de leurs erreurs, ils ne se dispensent
guère de faire un compliment de condoléance
à leur amour-propre. *J'ai eu* tort, mais *j'ai*
raison *à présent :* remarquez que la raison
est au présent, et le tort au passé.

L'amour-propre des sots excuse celui des
gens d'esprit, mais ne le justifie pas.

Si l'amour-propre, égaré par la flatterie,
fait commettre bien des fautes, souvent aussi

il retient par la crainte de la honte, et devient la sauve-garde de l'honnêteté.

Quand par hasard la flatterie ne réussit pas, ce n'est pas sa faute; c'est celle du flatteur.

Louer les qualités vraies ou supposées de celui que l'on veut séduire est un moyen usé, et qui peut inspirer de la méfiance; mais louer ses actions ou ses ouvrages est un genre de flatterie contre lequel la raison a bien de la peine à se défendre.

La flatterie n'a tant de charmes que parce qu'elle nous paraît confirmer le jugement de notre amour-propre.

L'orgueil repousse le doute, et la raison l'accueille.

Les folies dont nous sommes témoins, sans

les partager, peuvent bien inspirer un certain
orgueil de comparaison que j'appellerai *pha-
riséen* ; mais il suffit de regarder dans le miroir de nos propres faiblesses pour être rap-
pelé à la modestie.

Vous croyez que vous êtes modeste... je ne
vous savais pas si orgueilleux.

Si vous restiez debout, l'orgueil ne saurait
vous écraser.

Voulez-vous avoir une idée juste de la bassesse des hommes, regardez avec quel orgueil
les laquais portent leurs riches livrées, et les
courtisans les brillantes marques de leur servitude.

Il y a tant de bassesse dans la plupart des
louanges, qu'elles avilissent plus ceux qui les
donnent qu'elles n'honorent ceux qui les reçoivent.

Comment ceux qui tirent vanité de leur naissance ne s'aperçoivent-ils pas que s'appuyer sur le mérite d'autrui c'est reconnaître que l'on a des raisons pour ne pas trop compter sur le sien? C'est charité de les en avertir ; car leur intention n'est sûrement pas d'être si modestes.

Ne serait-ce pas par amour-propre que l'on aime tant les gens modestes?

SUR LES FEMMES.

Si vers l'époque où l'âge amortit les passions sans affaiblir la tendresse maternelle qui ne vieillit point, la femme perd, par la mort de son mari, cet appui sur lequel en général elle compte trop ; l'intérêt de ses enfans, qui n'ont plus d'autre soutien, développe en elle, lorsqu'elle est douée d'un cœur sensible et d'un esprit juste, une raison de besoin, une éner-

gie d'occasion, une persévérance de nécessité,
qui contrastent singulièrement avec sa faiblesse et sa légèreté naturelles. Alors, dans
quelque condition que le sort l'ait placée, sa
constance égale son courage; elle affronte,
sans en être intimidée, les périls et les grandes
difficultés d'une régence orageuse, comme elle
se dévoue, sans en être rebutée, aux privations et aux soins minutieux qu'exige une
fortune embarrassée : également capable de
sauver un état ou une famille privée, car elle
sait concilier les intérêts, rapprocher les partis, et maintenir l'ordre.

Ainsi, les circonstances modifiant sa nature, cet être faible, qui peut-être sans elles
n'aurait jamais eu de remarquable que les défauts, de fort que les passions, déployant le
beau caractère de mère de famille, devient
digne de tous nos respects. En effet n'est-elle
pas la plus parfaite des créatures, celle qui
à la sagesse de l'homme vertueux joint les
graces et la douceur de l'autre sexe ?

Il y a des magistrats qui veulent que l'on ait de la vénération pour leurs robes, et des femmes qui prétendent qu'on doit du respect à tout leur sexe; mais il est rare que ce soit la vertu qui demande un respect bannal qu'elle partagerait avec le vice : elle sait trop bien qu'elle a droit à des hommages personnels, pour ne pas dédaigner les autres.

Quelques personnes dont la galanterie égare le jugement ne doutent pas que, si les femmes recevaient la même éducation que les hommes, elles pourraient acquérir la force de tête et la profondeur d'esprit dont elles sont généralement dépourvues. Pour moi, je pense que leur organisation s'y oppose, et j'aimerais autant croire que des pommiers placés dans une orangerie produiraient des oranges; mais il est certain que les défauts des femmes sont fort augmentés par la mauvaise éducation qu'elles reçoivent communément, et surtout par la dépravation des mœurs.

Lorsque les hommes reprochent aux femmes les maux dont elles sont la cause, ils font, sans s'en douter, le procès à leur propre faiblesse. Les lois ne sont-elles pas leur ouvrage, et n'ont-ils pas le pouvoir de les faire observer ?

Lorsque les écoliers font des dégâts, les instituteurs sont responsables.

Comment résister aux femmes? quand on s'est défendu contre leur colère, elles cèdent, et vous êtes vaincu par leur douleur.

L'honneur des femmes est mal gardé quand l'amour et la religion ne sont point aux avant-postes.

Il y a plus de bonne foi qu'on ne le pense généralement dans les promesses des femmes; car les fautes que l'inconstance ou l'occasion leur font commettre ne sont point des perfidies.

Tout ce que les femmes peuvent raisonna-
blement promettre, c'est de ne pas chercher
les occasions.

Ce qui rend les faiblesses des femmes inex-
cusables, c'est le peu de mérite des hommes
à bonnes fortunes.

Les femmes sont comme les princes; souvent elles cèdent à l'importunité ce que la
faveur n'aurait point obtenu.

Peu de femmes ont assez de raison pour
sentir le besoin qu'elles ont d'être gouver-
nées; et ce qu'il y a de plus fâcheux, c'est
que ce sont celles qui le sentent qui pourraient le plus s'en passer.

Les enfans ne savent pas qu'ils ont besoin
de lisières, lors même qu'ils sont tombés.

* C'est précisément à cause de la supériorité
de leur raison que les grandes reines ont senti

qu'elles avaient besoin d'un homme pour les aider à porter le sceptre. Marie-Thérèse, Catherine II n'ont-elles pas donné leur confiance à des premiers ministres ? Au contraire, les rois doués d'un caractère énergique et d'un esprit supérieur, Louis XIV, Frédéric-le-Grand, Napoléon, n'ont jamais remis les rênes de l'état en d'autres mains. Opposerez-vous Sully ? Mais s'il était l'ami, le compagnon d'armes du grand Henri, il ne dirigeait pas les affaires générales; il n'avait que la direction suprême des finances.

Dans les affaires d'intérêt, les femmes ont en général moins de justice, mais plus de loyauté que les hommes; elles réservent la mauvaise foi pour les affaires d'un autre genre.

* Dans l'habitude de la vie, les femmes sont moins discrètes que nous; mais, en revanche, elles gardent mieux un secret.

Les idées générales peuvent amuser quelques momens une femme d'esprit; mais son attention ne saurait être long-temps fixée que par ce qui touche son cœur.

Les penseurs cherchent à généraliser les idées; les femmes, au contraire, les ramènent à des objets déterminés : c'est ainsi que les païens ne pouvaient concevoir la Divinité sans personnifier ses attributs [1].

Les pensées des femmes ne sont guère que des allusions.

Les hommes ne sont capables de fortes conceptions que quand leur cœur est tranquille; les femmes n'ont jamais tant de ressources dans l'esprit que quand leurs passions sont en jeu.

[1] Aussi l'algèbre est, de toutes les sciences, celle pour laquelle les femmes ont le plus de répugnance.

Il y a autant d'égoïsme dans l'esprit des femmes que de dévouement dans leur cœur.

* On dit beaucoup que les femmes sont volages en amour, mais on ne dit pas assez combien elles ont de constance en amitié.

* Ce n'est pas seulement par des soins plus tendres et des attentions plus délicates que l'amitié des femmes se distingue ; elles l'emportent sur nous par une constance à toute épreuve et par le dévouement le plus généreux.

La raison n'a point de sexe ; mais on le reconnaît dans tout ce qui tient à l'esprit et à la finesse.

Si les femmes ont, comme je le crois, plus de goût, à esprit égal, que les hommes, n'est-ce pas parce que cette faculté de l'esprit tient moins au raisonnement et à la réflexion qu'à la promptitude des sensations et à la rapidité des rapprochemens? aussi celles qui jugent le mieux sont-elles le plus souvent embarrassées de motiver leurs jugemens.

La nature en donnant tant de grace et de finesse aux femmes, a voulu leur donner une indemnité pour le génie qu'elle a exclusivement réservé à l'homme.

* Les femmes qui se font auteurs courent les chances des usurpateurs; si elles ne parviennent pas à enlever la couronne, elles ne peuvent échapper au mépris ou du moins au ridicule.

Il faut qu'il y ait de l'illégitimité dans leurs prétentions.

Je m'étonne que les femmes, avec autant de discernement que les hommes, toujours plus de finesse, et souvent avec tant d'esprit, n'aient jamais rien inventé. Je vois, madame,

que cette assertion vous choque : hé bien, ci-
tez dans les arts, dans les sciences, une découverte, une invention, un simple perfec-
tionnement qui appartienne à votre sexe ;...
vous ne trouverez rien, et vous ne serez pas
plus heureuse en littérature : des poésies légères, de la prose gracieuse, ne sont point de
ces compositions fortes, telles que le poëme
épique, l'histoire, la tragédie, ou même la
comédie de caractère, qui seules peuvent recevoir l'empreinte du génie.

Cette observation sur les femmes s'applique
avec autant de vérité aux eunuques de tous les
siècles et de tous les pays [1]. C'est que le pouvoir de la reproduction et la génération des

---

[1] L'exemple de Sémiramis, d'Élisabeth, de Marie-
Thérèse et de quelques autres femmes qui ont régné
avec gloire; celui de Narsès et de plusieurs eunuques
qui ont eu des succès dans les armes, ne détruisent
point la vérité de cette observation. Le courage et le
bonheur peuvent illustrer un général, comme la justice et le discernement suffisent pour bien gouverner ;
mais tout cela n'est pas du génie.

pensées (j'entends de celles au-dessus de l'instinct) dépendent, dans l'homme, du même
principe; mais, pour démontrer cette théorie
neuve, il faudrait entrer dans des développemens que la nature de ce livre ne comporte
pas.

Vous êtes sans doute dégoûté, comme moi,
de la manière dont on parle en général dans
la société des affaires publiques. L'ignorance
et l'esprit de parti y bravent tour à tour la
justice et la raison; l'on y confond tout, les
lieux, les dates, et l'on ne craint pas de tirer
de faits évidemment faux les conséquences les
plus absurdes. Fatigué de ces misérables discussions, voulez-vous entendre traiter un sujet avec ordre, clarté, souvent avec esprit,
toujours avec finesse, écoutez nos jeunes
femmes disserter sur l'amour; admirez avec
quel art elles savent faire passer en revue les
nuances les plus délicates du sentiment, depuis l'indifférence jusqu'au désespoir : la ja-

lousie, les regrets, le retour, le raccommo-
dement, toutes les modifications, tous les
incidens d'une grande passion, leur semblent
familiers : et leurs peintures sont si vraies, si
animées, que, sans le secours de l'expérience,
le raisonnement ou les livres ne paraissent pas
pouvoir fournir des notions aussi justes et
aussi variées : aussi l'on dirait de vieux militaires qui parlent de leurs campagnes.

Ce qu'il y a de plus remarquable, c'est que
dans ce grand art de la connaissance pratique
du cœur humain et de ses faiblesses, aucune,
quel que soit son âge, ne veut passer pour
écolière ; et que toutes, si elles n'y sont
pas également consommées, veulent le paraître.

Cependant ne croyez pas que je parle de
ces femmes perdues, le déshonneur de leur
sexe et le triste jouet du nôtre ; j'ai en vue le
plus grand nombre de celles qui composent la
haute société, et je me plais à leur rendre
cette justice qu'elles connaissent le prix d'une

bonne réputation, que plusieurs la méritent, et que toutes veulent la conserver ; mais par une inconséquence aussi ridicule qu'inexcusable, elles font naître des soupçons qu'elles devraient éloigner, et sacrifient, au vain désir de briller par leur esprit, la modestie, cet attrait puissant, cette fleur de la beauté encore plus frêle qu'elle, et qu'un souffle impur flétrit pour jamais. Exemples pernicieux, funestes lectures, amour-propre mal entendu ! Femmes, si vous avez cette faiblesse, n'ayez au moins qu'entre vous de pareils entretiens ; gardez-vous de nous y admettre : c'est la loi de la délicatesse, et c'est aussi l'intérêt de vos charmes dont vous diminueriez le pouvoir et le prix... Mais finissons ; aussi bien c'est peine perdue : comment espérer que chez une nation où presque tous les hommes ont la manie de parler de ce qu'ils ne savent pas, les femmes voudront jamais consentir à paraître ignorer ce qu'elles savent ?

Ce que je reproche aux hommes de l'âge présent n'est pas de céder à l'amour, dont l'empire est dans la nature, ni même de se soumettre aux caprices d'une maîtresse adorée tant que dure leur passion ; mais dès que cette ivresse passagère a cessé, ne devraient-ils pas reprendre avec la raison la dignité qu'ils ont abdiquée ? et n'est-il pas honteux de languir dans une prison dont le geôlier s'est enfui en laissant la porte ouverte ? Cependant, par une déplorable faiblesse, on voit leur soumission se tourner en habitude, et leur dépendance survivre à leur amour. On dirait qu'ils livrent leur volonté en indemnité de ce cœur qui a fait tant de fallacieuses promesses, comme si l'exercice de la supériorité naturelle de l'homme n'était pas le devoir de son sexe et le bonheur de celui qui lui est subordonné.

Le plus grand mal est que les femmes ne se contentent pas d'exercer leur empire sur les habitudes ordinaires et insignifiantes de la vie, mais qu'elles deviennent plus tyranniques à mesure que leurs esclaves acquièrent plus de pouvoir, et qu'enfin, lorsqu'ils parviennent aux premières places de l'état, elles prétendent décider arbitrairement des plus grands intérêts et des choix les plus importans. Alors la mode tient lieu de mérite, la grace de talent, l'intrigue de capacité, la galanterie de force : voilà ce qui se passe dans presque toute l'Europe, et ce que nous avons vu si long-temps en France.

Cette malheureuse époque de notre histoire remonte aux dernières années du siècle de Louis xiv. Dans la vigueur de l'âge, ce monarque avait imprimé un caractère de grandeur à son siècle ; mais sur la fin de sa vie, sa faiblesse pour madame de Maintenon a été d'un exemple bien funeste [1], et n'a eu que trop d'influence sur les règnes suivans. A l'imi-

[1] Le maréchal de Villars écrivait à madame de Maintenon après une victoire : « Nous avons beau faire de « bonnes et de grandes choses, il faut que les dames « les fassent valoir auprès du maître. »

tation des princes, cet asservissement est descendu par toutes les classes jusqu'aux plus petits employés, et est ainsi devenu un mal universel. La faveur, le crédit, surtout les nominations, ont été la proie des femmes; et par une inconséquence trop commune dans l'histoire des hommes, chez un peuple si attaché à la loi salique, l'opinion était tombée en quenouille. C'est en vain que les hommes ont voulu déguiser cette mollesse d'ame sous le nom de galanterie française; c'était une faiblesse honteuse, et la punition en a été terrible.

Au dehors, nos armées de terre et de mer battues, et, ce qui est bien pis, leur ancienne réputation de vaillance contestée, la considération de la France, sa prépondérance en Europe, remplacées par le mépris; au dedans, de faux systèmes accueillis, les erreurs les plus graves protégées, ont amené le désordre dans l'administration et la ruine des finances. A la cour, la familiarité a détruit le respect et effacé la distinction des rangs ; partout les principes d'une fausse philosophie soutenus par la mode, plus puissante que l'autorité du trône, l'ont avili, et enfin, lui ôtant tout moyen de résistance, ont causé sa chute tragique, source de tous nos malheurs.

Il me semble que les autres états de l'Europe soumis à l'influence des femmes ne s'en trouvent guère mieux que nous.

En Europe les femmes valent mieux que les mœurs ; dans l'Orient c'est le contraire.

Où pensez-vous que les femmes soient le plus chastes ? — En Suisse, en Hollande ? — Vous vous trompez : c'est à Paris, et surtout à Vènise et à Naples. Lorsque le climat, le mauvais exemple et l'occasion sollicitent, c'est alors qu'il y a du mérite à résister.

SUR L'AMOUR ET L'AMITIÉ.

Ce qui rend si rare la véritable amitié, c'est qu'elle exige non-seulement des rapports de goûts, mais encore une certaine égalité dans l'esprit comme dans le rang, et surtout quelque force dans le caractère.

Il n'en est pas ainsi de l'amour : esprit, bêtise, laideur, beauté, inégalité de condition, il s'accommode de tout, et semble même se plaire aux assemblages les plus bizarres. Quant à la force, tout le monde a celle d'être amoureux, puisque, pour prouver la violence de votre passion, l'on ne vous demande que des faiblesses.

Les sentimens suivent dans leur cours la même loi que les êtres vivans ; ils décroissent dès qu'ils ne croissent plus : et si l'amitié paraît inaltérable, c'est que l'habitude répare tous les jours les ravages du temps.

Voilà ce qui explique comment l'absence refroidit les unions les plus sincères ; il peut même arriver, lorsqu'elle se prolonge, que le besoin de l'intimité cesse tout-à-fait : mais il lui survit une tendre bienveillance, un souvenir bien cher, et un intérêt véritable. Quant à l'obligation des services mutuels, elle subsiste dans toute sa force sous la sauve-garde de l'opinion, qui a établi pour l'amitié un *point d'honneur* aussi impérieux et plus raisonnable que l'autre.

* On ne peut convenir des défauts de ses amis qu'avec ceux qui partagent nos sentimens pour eux.

Le plaisir de faire le bien est l'indemnité que le sort accorde aux princes, en compensation de l'amitié, que le sceptre effraie.

Il existe entre les femmes tant de sujets de rivalité, et, de plus, elles ont une telle mobi-

lité de goûts, qu'il ne peut guère s'établir de
véritables amitiés entre elles. Quant à leurs
liaisons avec les hommes, la différence des
sexes met un tel obstacle à ce sentiment, qu'elles
ne peuvent guère avoir pour amis que leurs
frères, leurs maris ou leurs anciens amans...
Mais je me trompe, sans doute ; car toutes les
femmes se vantent d'avoir plusieurs amis.

Amitié ! Amitié ! comme l'on abuse de ton
nom sacré pour couvrir des désordres honteux, ou pour ennoblir des passions frivoles
formées par le désœuvrement, incapables
de soutenir les épreuves de l'absence et de
l'infortune ; des liens de circonstances qu'un
souffle détruit et qu'un rien remplace !

* Il y a quelque chose de moins sincère que
les amitiés de cour ; ce sont les liaisons de
parti.

Mes amis, êtes-vous bien sûrs de vous

ressouvenir dans dix ans du nom de tous vos amis?

*Je ne sais si chez les hommes capables d'une véritable amitié, ce sentiment n'est pas encore plus exclusif que l'amour.

*Si l'injustice pouvait être excusable, elle le serait envers les ennemis de ses amis.

L'amant jure d'aimer toujours, et change bien vite. L'ami ne jure point, et aime toujours; mais l'amant et l'ami sont la même personne. Ainsi la vie se passe à promettre sans tenir, et à tenir sans promettre.

Il est assez facile de trouver une maîtresse, et bien aisé de conserver un ami; ce qui est difficile, c'est de trouver un ami et de conserver une maîtresse.

* Pour aimer d'une amitié durable, il faut de part et d'autre un certain fond de raison :

l'amour n'en demande pas tant. Aussi voyez combien il y a d'amoureux et combien peu de vrais amis.

On n'aime plus lorsque les sacrifices coûtent; on aime peu lorsqu'on s'aperçoit qu'on en fait.

Il en est de l'amour comme de ces montagnes en forme de pic, dont le sommet n'offre point de lieu de repos; à peine monté, il faut descendre.

Celui qui promet de bonne foi un éternel amour, et celui qui croit à de pareils sermens, sont également dupes, l'un de son cœur, l'autre de sa vanité.

Lorsque les amans s'inquiètent, ce n'est pas qu'ils craignent de devenir moins aimables; ils aiment mieux craindre l'inconstance.

Il n'y a de mérite à être fidèle que lorsqu'on commence à devenir inconstant.

Trop souvent l'amant est indiscret, mais l'amour est toujours mystérieux.

L'inconstance ne vient si vite que parce que l'on n'est pas assez déterminé à rester fidèle en dépit de ses caprices.

Oter l'espoir au vice, c'est donner des armes à la vertu.

La femme infidèle s'avilit, parce qu'elle ne peut manquer de foi sans outrager la pudeur ; mais l'homme qui fait une infidélité (s'il garde son secret et son cœur) est faible sans être vil, et, souvent dégoûté du changement par la comparaison, il revient avec plus d'amour auprès de sa maîtresse.

L'amant passionné peut pardonner une in-fidélité ; mais il ne s'en console point, parce qu'il sait qu'elle diminue nécessairement l'amour de sa maîtresse.

L'infidélité irrite l'amour, mais n'en guérit point... Dirai-je ce qui le tue? ce sont des poisons lents. — L'ennui et la satiété.

L'on peut aimer plus d'une fois, mais non pas la même personne.

Les amans regardent comme des ingrats ceux qui ne répondent pas à leur tendresse : cependant l'amour n'est pas un bienfait ; mais l'amour-propre offensé est souverainement injuste.

Les plus douces caresses ne sont pas celles où nous reconnaissons l'intention de nous plaire.

* Vous pouvez avoir ressenti tous les feux de l'amour ; mais vous ne connaissez pas tous

es charmes, si celle que vous aimez ne vous
a pas rendu père.

Sacrifier ses goûts à ce que l'on aime est une
jouissance bien douce que la morale autorise ;
mais, si vous laissez prendre de l'influence
sur vos opinions, comment pourrez-vous répondre de ne pas manquer à vos devoirs.

* La religion peut seule offrir aux cœurs
sensibles la plus douce des consolations, celle
de croire au bonheur des amis que nous avons
perdus.

Si quelque chose peut adoucir la douleur
que nous cause la perte d'un ami, c'est la
certitude qu'il était malheureux et sans espoir
d'un meilleur sort.

Tâchons de nous persuader qu'il y a de
l'égoïsme dans nos regrets.

* Dans les grandes peines du cœur, les

causes n'aggravent ni ne consolent : on n
considère que la perte de l'objet aimé. Celi
qui pense aux circonstances est déjà à demi
consolé.

J'ignore si l'amour est plus passionné chez
les femmes que chez les hommes, et cett
question me paraît aussi oiseuse qu'elle es
rebattue. Il me suffit de savoir que les deu
sexes ont une manière d'aimer aussi différent
que leur organisation.

Dans l'homme, l'amour soumet les autre
passions, mais ne les éteint pas; sa maîtress
peut remplir son cœur sans occuper toute s
pensée. L'activité étant son premier besoin
son devoir et sa vie, toutes ses facultés son
au service de l'objet adoré; mais il faut qu'elle
soient employées. L'amour doublera la joie de
ses succès, parce qu'il pourra lui en offrir le
prix, également empressé d'apporter à se
pieds le lièvre timide que ses chiens ont at
teint, ou les trophées de la victoire : tout es

elle, et ses biens, et ses espérances; la valeur des choses n'en a plus pour lui; il serait
aussi généreux d'une couronne que de la rose
de son jardin. O vous qu'il aime, disposez
donc entièrement de lui; mais n'espérez cependant pas le réduire à l'inaction; car la lan-
gueur et tous les petits soins de l'amour heureux ne conviennent pas à l'homme, au moins
à celui qui mérite ce nom; et la femme aussi
impérieuse que maladroite qui voudrait l'y
contraindre, perdrait à coup sûr sa conquête.

La femme semble, au contraire, formée
par la nature pour la vie sédentaire et les
occupations paisibles : ses goûts sont vifs, mais
légers; et comme ils portent sur des objets
frivoles qui ne demandent ni une grande con-
tention d'esprit, ni un grand développement
de forces physiques, ils ne sauraient absor-
ber, même momentanément, une ame fortement émue. La femme pourra donc paraître,
et sera en effet livrée uniquement à son amour,
sans que l'on puisse en conclure qu'elle aime

réellement plus que l'homme ; car il ne semble distrait de sa passion que parce qu'il a la faculté de prendre un grand intérêt à d'autres objets, sans cesser d'être passionné.

C'est que la femme n'a de force que dans le cœur, et que l'homme en a aussi dans la tête.

SUR LES AFFECTIONS NATURELLES.

Si l'on peut reprocher à la civilisation de favoriser le luxe, dont la corruption est la suite ordinaire, il n'en est pas moins vrai que c'est à l'état social que l'homme doit ses jouissances les plus pures, et jusqu'aux attachemens de famille que l'on attribue ordinairement à la nature. En effet, considérez l'homme dans l'état sauvage, vous trouverez que ses penchans, peu nombreux, sont bornés à ses besoins, et que ses seuls plaisirs sont de les satisfaire. Quant à ses affections, elles se réduisent à un amour physique, passager comme l'impression qui l'excite, et à la tendresse des mères pour les petits enfans ; sentiment qui s'efface bientôt avec l'âge. Mais que sont ces émotions des sens auprès des plaisirs de l'ame qui naissent de la civilisation; auprès de ces jouissances si vives, si durables, si pures, que procurent dans l'état social les relations de parenté, et ce que l'on appelle improprement *les affections naturelles ?* — « Eh quoi, direz-vous, il n'est donc pas na- « turel d'aimer son père, sa sœur, son frère? « Quel affreux paradoxe que celui qui met en « doute si c'est la nature qui inspire des sen- « timens que la vertu commande, que la reli- « gion prescrit, et que tous les âges ont hono- « norés ! » — Calmez votre indignation; je respecte les lois civiles et religieuses, et je connais, pour les avoir éprouvées moi-même, tout le prix des affections de famille : si quelques-unes sont perdues pour moi, plusieurs me restent encore; ainsi je suis aussi heureux par mes enfans qu'un père puisse l'être, et je

goûte avec délices le charme de la tendresse
fraternelle, ce sentiment plus tendre que
l'amitié, plus généreux que l'amour; douce
intimité dont les affections communes entre-
tiennent l'épanchement, que les souvenirs de
l'enfance charment, qui s'élève, croît et se
fortifie avec nous, et qui, de la naissance au
tombeau, semble être une conséquence de la
vie. Mais répondez à votre tour : ces recom-
mandations si pressantes de la morale et de
la religion en faveur des attachemens de famille, dont elles ont fait des devoirs sacrés,
ne vous ont-elles jamais donné de doutes sur
leur origine? Si la nature les inspire, pourquoi prendre tant de soins pour les graver
dans le cœur, ou du moins dans la mémoire?
Qu'est-il besoin, pour produire un effet naturel, d'employer à la fois, et trop souvent
en vain, la menace et la prière, le conseil et
l'espérance, de mettre en jeu les ressorts
puissans de la honte et de la vanité, enfin de
parler des feux du ciel et de ses récompenses?

Jamais législateur religieux ou civil a-t-il ordonné de prendre soin de sa santé ou de son
bien-être? Non, sans doute, parce que la nature inspire d'elle-même de tels soins. Si ces
raisonnemens ne vous paraissent pas convain-
cans, expliquez comment cette force du sang,
cette impulsion naturelle, si puissantes dans
votre système, deviennent tout à coup nulles
dans cette foule de dérangemens de famille
produits par la dissolution des mœurs ou par
ces substitutions d'enfans que l'immense nombre de nourrissons élevés loin du toit pater-
nel rend bien plus fréquentes qu'on ne le croit
communément. Voit-on, lorsque la fraude
ou l'adultère introduisent des étrangers dans
la famille, l'aversion des parens déceler le
crime? Ne voit-on pas, au contraire, ces
désordres irrémédiables couverts par le voile
des sentimens que l'état social suggère, et que
l'on prend pour naturels? Certes, ces heureuses méprises sont un bienfait de la Providence; la Sagesse suprême a jugé que le

penchant de l'homme pour la société était incompatible avec l'instinct qu'elle a donné aux animaux pour reconnaître leurs petits pendant tout le temps où ils leur sont nécessaires.

Mais si la naissance est incertaine, toutes les autres relations de parenté le sont conséquemment aussi. Dès lors le frère le plus tendre peut être étranger à son frère, l'oncle à un neveu chéri; et cependant est-il plus à mépriser ou à plaindre, l'être assez misérable pour qu'un secret de cette nature, dévoilé après vingt ans d'affection mutuelle, pût détruire ou même diminuer son attachement?

C'est en vain que l'on prétendrait prouver, par la force dont les sentimens de parenté sont susceptibles, qu'ils sont inspirés par la nature, puisqu'il en est d'autres évidemment produits par la société, dont l'énergie ne se montre pas moins puissante. Si l'amour filial, l'amour fraternel ont produit des exemples mémorables de sacrifices et de dévouement, l'amitié n'a pas été moins généreuse : l'amour de la patrie, la vertu, l'honneur, les préjugés mêmes ne sont pas moins impérieux ; et ne les voit-on pas l'emporter souvent sur les devoirs de la parenté ?

Ô vous donc, législateurs, et vous tous dont l'exemple et l'autorité ont quelque influence sur les hommes, gardez-vous d'abandonner à la nature le soin d'entretenir l'union et l'ordre intérieur des familles ! Au lieu de vous reposer sur elle, appelez à votre aide la religion, la morale, l'honneur, tous les motifs divins, toutes les inventions humaines ; que des lois positives établissent le pouvoir des pères, la dépendance des enfans ; qu'elles règlent les intérêts entre tous les membres de la famille, d'une manière assez précise pour éviter toute discussion ; enfin, que les mœurs récompensent les bons parens par la considération, punissent les mauvais par le mépris, et que tous soient intéressés à être unis et vertueux !

Le plus beau présent que le ciel ait fait à l'homme est le goût de la société, avec le talent de la bien instituer.

Les commencemens de la révolution française ont démontré jusqu'à l'évidence la véritable origine des attachemens de parenté.

Lorsque tous les liens de la subordination furent brisés, l'autorité des lois anéantie, la justice sans force, la religion persécutée, l'honneur même dégradé, ont vit en même temps des vices presque inconnus désoler la France : l'égoïsme des pères, la désobéissance des enfans, l'insouciance des parens, les divorces scandaleux, déchiraient les familles, comme les factions tourmentaient l'état. Cependant la nature n'avait pas cessé d'agir; et pourtant ces désordres affreux, dont les traces funestes sont loin d'être effacées, ont duré jusqu'à ce que les lois répressives aient repris leur empire, et que l'on ait enfin senti le

besoin de revenir aux principes de religion et
de morale.

Puisse cet exemple mémorable et terrible
apprendre enfin aux hommes combien peu il
faut compter, pour l'ordre et le bonheur des
familles, sur le pouvoir de la nature !

C'est à la campagne, où la civilisation est
bien moins avancée qu'à la ville, et où l'on
est bien plus près de la nature, c'est là que
les *affections naturelles* devraient être dans
toute leur énergie ; et cependant l'expérience
démontre que les pères y sont plus souvent
abandonnés que dans les cités, les enfans
moins soignés, les frères moins unis : la conséquence n'est-elle pas évidente ?

Malgré les prétentions des femmes, les
pères sont susceptibles d'un attachement aussi
fort pour leurs enfans que les mères ; mais,
pour être juste, il faut convenir que les motifs de ces dernières sont plus désintéressés.

La tendresse paternelle est rarement exempte d'ambition et de vanité ; dans tous les états, les hommes voient dans leurs fils des successeurs qui conserveront ou achèveront leurs ouvrages : d'ailleurs, en laissant à l'héritier de leur nom ces biens auxquels ils sont si attachés, ils cherchent à se persuader qu'ils les dérobent à la mort qui menace incessamment de les leur arracher. Cette observation explique également la préférence que les pères ont en général pour les enfans de leur sexe.

SUR LA NOBLESSE.

Noblesse oblige.

* Les obligations que la noblesse impose sont l'honneur et la générosité : en France, on y ajoute la politesse.

Lorsque l'on est issu d'une origine illustre, on doit apprendre à ses enfans que, si le public est disposé à honorer en nous le mérite de nos ancêtres, c'est moins par reconnaissance que parce qu'il s'attend à nous trouver avec eux des traits de ressemblance.

Dans un état bien ordonné, le peuple doit tirer plus d'avantages de la noblesse que les nobles eux-mêmes.

N'est-ce pas tirer un parti bien avantageux de la vanité des hommes, que de récompenser leurs services en leur imposant de nouveaux devoirs?

* Les titres et les décorations ont cela de commun avec le papier-monnaie, que l'opinion les soutient, et que les prodiguer c'est les avilir.

Niveleurs, qui prétendez détruire toute distinction d'ordres et de classes, commencez

par nous apprendre à avoir assez de vertus
pour nous passer de l'honneur.

J'ai connu des partisans outrés de l'égalité,
à qui il ne manquait qu'une généalogie pour
être les plus vains de tous les nobles.

L'orgueil de la naissance serait le plus sot
et le plus insupportable de tous, sans l'orgueil des parvenus, toujours pressés de regagner
gner le temps perdu.

* Dans les monarchies, le zèle remarquable que la noblesse met à servir les princes
provient d'un intérêt de corps : c'est qu'elle
les regarde comme ses chefs, et qu'elle per-
sonnifie en eux la patrie. Grande raison pour
les rois de donner de préférence aux nobles
les postes de confiance : où trouver ailleurs
de pareilles garanties ?

* Un roi sans noblesse est un général sans
armée.

* Tout ce qu'a pu faire la philosophie, c'est de détruire la féodalité; encore a-t-il fallu que la noblesse se joignît à elle pour commettre cette espèce de suicide.

* La noblesse est fille de l'histoire; toutes deux sont immortelles.

Lorsque, par le vice des institutions, il est impossible au mérite de parvenir à la noblesse, les distinctions qu'elle procure outragent la justice et excitent l'indignation des ames fières et élevées.

SUR LA COUR.

* Toutes les cours se ressemblent au fond, parce que les positions sont les mêmes; mais leur aspect varie suivant le caractère du prince et le génie de la nation.

* La cour est un grand théâtre où chacun

joue plus ou moins bien un rôle convenu. L'é-
clat du spectacle en impose au public. Quant
aux acteurs, princes et courtisans, les in-
trigues des coulisses les fatiguent, et la repré-
sentation les ennuie.

*A Venise, où l'on était habituellement mas-
qué, ce n'était plus un déguisement, chacun
se reconnaissait ; il en est de même à la cour,
excepté pour les novices.

* Ceux qui vivent dans l'intimité des princes
observent, qu'à esprit égal, ils ont plus de
discernement que les particuliers ; mais, en
revanche, quand ils ont des favoris ou des
maîtresses, ils sont encore plus aveugles que
nous.

* En général, les princes aiment à donner ;
ce qui leur coûte, c'est de récompenser. Cependant il y va de leur intérêt d'être justes,
car la reconnaissance de ceux qui méritent est
bien plus assurée.

* C'est en leur disant librement des vérités utiles, que ceux qui approchent des princes peuvent s'acquitter de leurs bienfaits.

* Il n'y a guère de crédit si mince qu'il ne donne à celui qui vit dans l'intimité des princes ce pouvoir émané de *Satan*, de nuire au mérite et de noircir la vertu.

* A la cour, on est plus disposé à rire des ridicules qu'à s'amuser de ce qui est véritablement gai. La gaieté des courtisans est toute en moqueries.

* Il est juste de le dire : il y a moins d'ennuyeux à la cour qu'ailleurs, et cependant l'ennui est la maladie des cours : c'est l'effet de la contrainte.

* On pourrait comparer la vie de cour à celle que l'on mène à bord d'un vaisseau pendant une longue traversée. Réunis sans se

convenir, on est impatient d'arriver, et chacun cherche à plaire au capitaine.

*Une sujétion continuelle, et surtout l'im-
portance que l'on est obligé de mettre aux
petites choses, tendent naturellement à rétré-
cir l'esprit; d'un autre côté, la nécessité de
la circonspection, les rivalités toujours en
présence, enfin l'intérêt sans cesse excité,
aiguisent l'intelligence; mais ce que l'on perd
en étendue, on le regagne en savoir faire.
Voilà ce qui peut expliquer comment la sagacité est si commune à la cour, et pourquoi la
stupidité y est aussi rare que le génie.

* Dans les cours les moins spirituelles, on
est sûr de rencontrer beaucoup d'un certain
esprit : c'est l'esprit de conduite.

* Il existe dans toutes les cours plus de
bienséance que de mœurs, plus d'honneur que
de vertu, moins de religion que de pratique.

*La cour est le pays des belles apparences ;
c'est un lac dont l'eau tranquille réfléchit la
lumière et cache la vase qui est au fond.

*Les manières des gens de cour avec leurs
inférieurs ont quelque chose de noble et d'aisé
qui plaît au peuple, et qui fait le désespoir
des parvenus ; quand ceux-ci veulent les imiter, ils tombent dans le ridicule et même dans
l'odieux, car leur dignité est de l'insolence,
et leur aisance de la grossièreté !

*Dans l'état actuel de la société, les mœurs
de la cour ne sont pas plus mauvaises que
celles de la ville, et la cour a conservé l'a-
vantage des formes plus polies.

Celui qui court après la faveur n'est pas
sûr de l'atteindre, et encore moins de la fixer,
mais quant aux caprices et aux dégoûts qu'il
lui faudra essuyer, c'est chose certaine et sur
laquelle il peut compter.

*A la cour, le seul appui durable est l[a] considération : cela fait honneur aux pri[n]ces.

* La faveur a cela de commun avec l'a[mour], que si elle n'augmente pas, elle décroî[t]

* La contrainte à laquelle les princes son[t] condamnés par l'élévation de leur rang le[s] porte naturellement à la familiarité avec ceu[x] qu'un service intime et habituel rapproch[e] de leurs personnes. Mais, malgré les appa[rences], le cœur n'entre pour rien dans c[e] délassement. C'est donc s'exposer à de rude[s] mécomptes que de prendre pour la preuv[e] d'un attachement durable cette espèce de faveur beaucoup trop enviée et souvent fort incommode.

* Le vrai moyen de conserver de la dignité à la cour est de persuader aux princes que l'on tient plus à leur estime qu'à sa place.

Si la flatterie a ses succès à la cour, la dignité a sa politique; mais il n'est pas donné à tout le monde d'user de ce moyen.

*L'adulation plaît aux princes, ils sont hommes; aisément la vanité leur persuade que les complimens qu'on leur adresse sont des louanges méritées; cependant, par une heureuse inconséquence, ils méprisent généralement les flatteurs et ils estiment la sincérité.

* Ceux qui ne connaissent pas bien la cour ne se doutent guère que pour plaire aux princes il faut savoir allier la liberté aux formes du respect. Une retenue excessive, une approbation toujours obséquieuse paraissent insipides à ces grands personnages, excédés d'hommages éternels, et bientôt l'ennui et le dégoût font justice de ces plats flagorneurs.

Ainsi, jusqu'à la sincérité, tout est calcul à la cour.

* La bassesse n'est point dans le caractère français; aussi n'a-t-elle jamais été commune à la cour de nos rois. Ceux qui ont soutenu le contraire l'auront confondue avec la platitude.

* Une noble indépendance est si loin de nuire au respect, qu'il est certain que, parmi les courtisans, les plus fiers sont aussi les plus respectueux.

*Confondre le dévouement avec la servilité est une méprise de la bassesse, qui ne comprend pas dans les autres un sentiment noble qu'elle ne saurait éprouver.

* Les titres pompeux de *grand* et de *premier* dont on décore les principales charges de la cour en déguisent assez mal la domesticité; ce genre de service ne peut être véritablement ennobli que par la considération que les princes vous témoignent, et par un

attachement sincère et reconnu à leurs personnes.

* Il y a plus que de l'indiscrétion, il y a de
la bassesse à révéler les défauts des princes
que l'on sert ; les gens d'honneur n'en parlent
point et les en avertissent.

FIN DES RÉFLEXIONS.

PENSÉES DÉTACHÉES.

PENSÉES DÉTACHÉES.

—

* 1. On ne devrait jamais publier un ouvrage sans avoir la certitude qu'il fera autant
d'honneur à son cœur qu'à son esprit. Pour
savoir à quoi s'en tenir sur le premier point,
il suffit de descendre en soi-même et d'in-
terroger sa conscience ; mais, sur le second,
ne vous en rapportez qu'à des amis éclairés et
sincères : surtout prenez garde qu'ils ne soient
trop indulgens.

2. Les métaux précieux ne se reproduisent
pas dans les mines comme les richesses d'un
sol fécond ; mais, en creusant plus avant, on
rencontre de nouveaux filons. Il en est de
même des pensées ; chaque jour il devient

plus difficile d'en trouver de nouvelles, mais la mine n'est pas épuisée.

* 3. Dans tous les pays, les lois ont fixé un âge pour la majorité, vingt-un ans dans les uns, vingt-cinq dans les autres; nulle part on n'a fixé de majorité pour les auteurs; et cependant le jeune homme qui fait de mauvaises affaires ne se fait tort qu'à lui-même, au lieu que tel sophisme présenté avec art peut faire tort à des millions d'individus, peut-être même à des générations entières.

Serait-ce trop que d'exiger trente ans pour écrire sur l'histoire et la politique, sujets qui demandent moins de verve que de jugement?

Que de mauvais livres, et de livres mauvais, une telle loi eût épargnés à la société!

4. Il y a des vérités si frappantes, que l'on croit les reconnaître, quoiqu'on les entende pour la première fois.

5. La plus commune des inconséquences est de ne pas vouloir les moyens de ce que l'on veut.

6. Combien de désirs sont décorés du nom de volontés !

7. Nous trouvons aisées les choses auxquelles les autres réussissent, et que nous ne devons pas entreprendre.

8. Le monde est si corrompu, que l'on acquiert la réputation d'homme de bien seulement en ne faisant point de mal.

9. A voir avec quel empressement on donne tort aux malheureux, on dirait que le blâme dispense de la pitié.

10. Je ne sais si l'on a plus à souffrir dans la vie de l'injustice des hommes, de la déraison des femmes, ou de ses propres fautes.

11. Il n'y a pas d'homme qui soit armé de toutes pièces contre les revers de la fortune, ou même contre ses propres passions : celui qui paraît le mieux cuirassé ne l'est que d'un côté comme la tortue; retournez-la, rien de si faible.

12. Hommes médiocres que la fortune favorise, c'est en vain que vous prétendez à la gloire; vous n'obtiendrez tout au plus que la célébrité.

13. Les hommes véritablement grands ne sont pas mus par l'amour de la gloire; ils en connaissent tout le prix : mais elle n'est pas pour eux un mobile nécessaire, car l'élévation de leur ame suffit pour les porter vers les grandes choses, comme la flamme tend par sa nature à s'élever. Il en est d'autres dont les talens sont aussi grands, mais dont le caractère moins désintéressé, les dispositions moins généreuses, ont besoin d'être excités par les

louanges de leurs contemporains, par l'espérance des honneurs de l'histoire.

Quelle que soit l'origine du bienfait, il ne
sied pas à la reconnaissance d'en scruter les
motifs. Un jour, sans inconvénient comme
sans injustice, la postérité assignera à chacun
sa place au temple de mémoire.

14. Le trait le plus heureux dans la fortune de César est d'avoir eu le grand Pompée
pour rival.

15. Honnêtes gens, remerciez la Fortune,
et soyez indulgens. Avec des dispositions heureuses, et dans des circonstances favorables,
on obtient à bon marché les honneurs de la
vertu.

Dieu puissant, fais que je n'aie jamais besoin de vertus !

16. Il y a un moyen sûr, mais un peu
cher, de faire prendre à un fripon toutes les

apparences d'un honnête homme ; c'est de lı
donner cent mille livres de rentes.

17. Ceux qui connaissent les hommes saven
que le regret de n'avoir pas fait une mauvais
action profitable est bien plus commun qu
le remords.

18. Incertitude des événemens, tu trouble
les jouissances les plus pures ; mais aussi tu e
l'espoir des malheureux et la consolation de:
vieillards.

19. Pour bien connaître tous les charme:
de l'espérance, il faut être doué d'une imagination très-vive ; les peintures sont alors si
parfaites, qu'elles produisent une illusion complète qui nous fait jouir des délices de la réalité. La mémoire seule ne saurait faire ce
prodige ; elle ne nous occupe pas assez pour
que l'inquiétude inséparable de l'attente ne
vienne bientôt troubler notre espoir.

20. L'inquiétude est la crainte tempérée par l'espérance ; mais l'espérance n'est jamais pure, toujours elle est mêlée de craintes pour l'avenir : voilà pourquoi la vie est si triste.

21. En accordant tant d'estime au courage les guerriers, nous prouvons, en dépit de nos plaintes, le cas que nous faisons de la vie.

22. Je suis sûr que dans un an... Arrêtez : si vous n'êtes pas un prophète, vous êtes un fou présomptueux.

23. Un habile médecin se sert avec succès de l'espérance et de la crainte ; l'une adoucit les maux, l'autre prévient les rechutes.

24. J'ai quelque compassion pour le malade imaginaire, parce qu'il souffre ; mais comment prendre un grand intérêt à un être dont le caractère est essentiellement pusillanime, l'esprit étroit et le cœur sec ?

Dans les deux sexes, une ame forte, u
esprit supérieur ou un cœur généreux pr
servent également de cette triste manie : lor
que l'on redoute peu la mort, lorsqu'on n
craint pas de s'exposer à des dangers rée
pour secourir ce que l'on aime, des terreu
paniques n'ont pas le droit de nous trou
bler.

25. La Fortune règne despotiquement su
un empire immense, mais il n'est pas san
limites ; ayez le courage de les franchir
et vous vivrez libre et heureux dans le pay
de l'indépendance.

26. Travail, noble soutien de l'indépen
dance, seul bien que l'injustice des homme
ne saurait nous ravir, tu nous délivres d
malheur de l'oisiveté, et tu nous fais goûte
les douceurs du repos.

27. Le témoignage de la conscience est sa

isfaisant; mais les louanges méritées sont dé-
licieuses.

28. Certitude d'être aimé, bonheur suprême, refuge assuré contre les orages de la
vie, tu adoucis nos misères, tu doubles nos
puissances, tu remplaces tout, et rien ne te
remplace.

29. Plaisir de faire plaisir, jouissance déli-
cieuse inconnue à l'égoïste, que vous dédom-
magez bien les cœurs sensibles de la part
qu'ils prennent aux souffrances d'autrui !

30. En amour, il y a plusieurs espèces
de jalousies; la plus rare est celle du cœur.

31. O vous qui vous plaignez de l'ingratitude, n'avez-vous pas eu le plaisir de faire du
bien ?

32. Plaisir des grandes ames, devoir chéri

du juste, reconnaissance, seul dans la nature
l'homme vil te méconnaît; et les animaux
même, soumis à ton empire, ne lui font pas
honte de sa bassesse!

33. L'ingratitude est si commune, que
l'homme sage doit y être préparé; mais, lorsqu'on l'éprouve de la part d'un ami, ce coup
imprévu porte au cœur, et fait un mal contre
lequel la philosophie n'a point de remèdes.

34. Pour première punition de nos injustices, nous aimons moins.

35. La possession calme l'amour et souvent
l'éteint; mais elle ne sert qu'à exciter l'ambition et l'avarice.

36. En amour, comme en politique, il n'y
a point de traités de paix; ce ne sont que des
trèves.

* 37. Les anciens représentaient Hercule

lant aux pieds d'Omphale; mais Hercule
n'était que le symbole de la force physique.

Apollon, le dieu du génie, avait des maîtresses; il les traitait assez légèrement, et, ce
qu'il y a de pis, il en changeait.

38. Les grands hommes ressemblent, relativement à l'amour, aux montagnes élevées,
d'autant plus froides qu'elles sont plus hautes,
quoiqu'elles reçoivent les feux d'un soleil sans
nuages. Sans doute de tels cœurs sont susceptibles de toutes les émotions naturelles, et
même du plus sublime dévouement; mais un
grand attachement est pour eux une trop petite affaire. — En doutez-vous? consultez l'histoire : César, Pompée, Alexandre, Frédéric,
et, dans un autre genre, Platon, Aristote,
Newton ; tous ces hommes, véritablement
grands, n'ont jamais eu ce que les femmes
appellent de grandes passions.

* 39. J'ignore, Madame, quel est le héros

de l'antiquité qui vous paraît surpasser tou
les autres ; mais à coup sûr ce n'est pas Sci
pion l'Africain. Avouez que de tous les genre
d'héroïsme, celui qui donne la force de résis
ter à la beauté n'est pas le plus admirable à
vos yeux.

40. Telle est l'imperfection de notre nature ; les grands hommes sont sujets aux faiblesses : ce qui les distingue du vulgaire, c'est
qu'ils sont exempts de petitesses.

* 41. La nature à elle seule ne saurait produire des héros ; elle a besoin du concours de
la fortune.

42. Je suis au désespoir. — Vous avez donc
perdu un ami ? ce malheur seul est irréparable.

43. Ne vous désespérez pas, jeune homme,
bientôt l'inconstance de votre maîtresse ne
vous touchera pas plus que ne fait aujourd'hui

la perte de ce jouet qui, dans votre enfance, vous a coûté tant de larmes.

44. Pourquoi perdre son temps à rèmontrer à l'inconstant le risque qu'il court à changer? Ne voyez-vous pas qu'il joue à coup sûr, puisqu'il jouit du changement?

45. Ce qui rend à Paris la jalousie des maris si ridicule, c'est son inutilité; car, au fond, personne ne trouve mauvais que l'on veuille avoir la jouissance exclusive de sa femme aussi-bien que celle de sa maison et de ses autres biens. Ce qui le prouve, c'est que dans les pays où les mœurs sont différentes, en Angleterre, où la peine de l'adultère est pécuniaire, et surtout en Turquie, ou l'on poignarde le galant et où l'on jette à la mer la femme cousue dans un sac, les maris jaloux ne sont pas tournés en ridicule.

46. Les mœurs sont si corrompues, que le

8

mot même de chasteté est devenu suranné et presque ridicule.

47. Il y a deux manières bien différentes de juger les fautes des époux : si c'est au tribunal de l'amour, le mari infidèle est le plus coupable, parce qu'il a plus de force pour réprimer ses passions ; mais relativement à l'ordre civil, les fautes de la femme sont plus graves, à cause des conséquences.

48. Observez cette barque conduite par deux matelots : lorsqu'ils rament ensemble, ils voguent doucement sur les flots agités ; mais, s'ils ne sont pas d'accord, chaque vague produit une secousse, et tel coup d'aviron donné à contre-sens pourrait faire chavirer leur frêle esquif.

Le bateau est le mariage, les rameurs sont les époux ; ils naviguent sur le fleuve de la vie, et ce n'est qu'en unissant leurs efforts qu'ils adoucissent les contrariétés du voyage.

49. Lorsque les querelles n'empoisonnent pas le mariage, il naît de cette union intime, de cette communauté de biens et de maux, un charme trop habituel pour être parfaitement apprécié : aussi n'en connaît-on tout le prix que quand on se croit en danger de le perdre.

50. Voulez-vous savoir ce qui fait la plupart des bons ménages ? — La conformité des goûts et des humeurs, sans doute. — Erreur : les sens dans la jeunesse, l'habitude dans l'âge mûr, le besoin réciproque dans la vieillesse.

51. Quel scandale que ces procès entre les maris et les femmes, les pères et les enfans, les frères et les sœurs ! Cependant prétendre établir par des lois positives ou des leçons de morale une paix perpétuelle entre des intérêts qui, par leur rapprochement même, sont plus en danger de se froisser, serait un projet aussi chimérique dans l'ordre social

que celui de l'abbé de Saint-Pierre dans le
monde politique; mais, en traitant ces mal-
heureuses affaires à huis clos, en empêchant
la distribution des mémoires et des plai-
doyers, on gagnerait beaucoup; car il est incontestable que la publicité, qui fournit une
riche pâture à la médisance et à la malignité,
aigrit les passions, envenime les haines, et
prévient le retour des affections naturelles,
qui souvent amènerait des raccommodemens.

52. Se plaindre du grand nombre d'hypocrites, c'est faire l'éloge des mœurs. Sous la
régence et pendant la terreur on ne voyait
point d'hypocrites.

* 53. Il faut en convenir, nous avons fait en
France un premier pas vers la sagesse. Le
goût des choses sérieuses nous est venu; mais
on ne veut pas encore s'en occuper sérieusement. Avant la révolution on était frivole;
aujourd'hui on n'est plus que léger.

* 54. On sait assez qu'il faut rabattre du bien que les hommes disent d'eux-mêmes. On sait moins qu'il ne faut pas croire trop légèrement tout le mal qu'ils en disent.

Les fanfarons de vices sont plus communs qu'on ne pense.

* 55. La générosité demande un sacrifice comme la vertu exige un combat.

* 56. L'habitude de la sagesse dispense presque toujours de la vertu.

57. Rien n'assure mieux le repos du cœur que le travail de l'esprit.

58. L'activité est aussi nécessaire au bonheur que l'agitation lui est contraire.

* 59. De tous les calculs, le plus difficile est l'évaluation du bonheur des individus; mais on peut comparer, sous ce rapport, l'état des différentes classes de la société. Ce qui

me paraît faire pencher la balance en faveur
du peuple, c'est que ses plaisirs ne sont pas,
autant que la plupart de ceux des grands, sui-
vis de remords, de peines et de regrets.

* 60. A tout prendre, le bonheur dépend
moins de la fortune que du caractère.

61. Le caractère distinctif de notre âge est
d'employer toutes les ressources de l'esprit à
la recherche de l'économie du temps dans
les procédés des arts; cependant on ne l'a
jamais tant prodigué dans l'habitude de la
vie.

62. Nous nous moquons de l'ignorance des
siècles passés, sans nous apercevoir combien
nous apprêtons à rire aux générations fu-
tures.

* 63. Aujourd'hui, dans les arts comme
dans les lettres, la plupart de ceux qui se
croient inventeurs ne sont que des ignorans.

64. Les formes de la société sont comme les vêtemens, elles servent à couvrir des défauts et des plaies secrètes qui restent cachées jusqu'à ce que l'intimité vienne à les découvrir : aussi l'homme sage ne la provoque-t-il pas légèrement.

* 65. Voulez-vous à la fois plaire et vous instruire, parlez à chacun de ce qu'il sait le mieux.

66. La plupart des hommes ne montrent tant de colère contre Hobbes, Machiavel, La Rochefoucault, que parce qu'ils trouvent trop ressemblant le tableau du cœur humain tracé par ces philosophes.

C'est ainsi qu'une vieille coquette s'irrite contre le miroir qui lui montre ses rides et sa laideur.

67. Lorsque l'on songe au peu de profit que l'on retire en général de la lecture des

moralistes, on ne peut considérer leurs ouvrages que comme des recueils d'observations
plus ou moins ingénieuses, mais non comme
des guides capables de nous conduire dans la
carrière épineuse de la vie. Est-ce la faute des
lecteurs? est-ce celle des auteurs?... Toujours
est-il certain que ce n'est guère qu'après l'évènement que l'on se rappelle leurs préceptes et
leurs maximes; alors, il est vrai, chacun s'é-
crie : La Bruyère avait raison, Nicole avait
prévu, Montagne avait observé! Érudition
stérile, frivole étalage d'une vaniteuse mémoire, qui ne nous rend ni plus sages, ni
plus habiles pour l'avenir.

Les conseils d'une amitié éclairée, la réflexion et l'expérience, voilà ce qui peut réellement être utile à ceux qui, doués d'un
esprit juste, ne pèchent que par faiblesse ou
par légèreté; quant aux autres, la déraison
est un mal incurable qui augmente en vieillis-
sant, et contre lequel les livres ne peuvent
pas plus que les discours.

68. Tant d'inconséquences dégoûtent des maximes générales.

* 69. Dans l'infortune, un Turc se résigne, un Allemand se soumet, un Espagnol se tait, un Anglais se tue, un Français espère.

70. Justesse d'esprit, précieux don du ciel, c'est toi qui apprends à être équitable envers les autres et modéré pour soi-même.

71. Sans la raison, que fait-on de l'esprit? — Le malheur des autres et le sien propre.

* 72. La modération apprend à ménager les plaisirs présens au profit de l'avenir.

* 73. Il n'y a rien de si fatigant que la vivacité sans esprit.

* 74. Sagacité, promptitude d'esprit et justesse, tels sont les élémens du bon goût dans les arts comme dans les lettres.

75. Voulez-vous savoir combien le pouvoi
de l'imagination l'emporte sur celui des sens
songez que ce qui paraît le plus effrayant .:
un grand nombre d'hommes est ce qu'ils n'on
jamais vu et qu'il n'est pas possible de voi
l'*enfer*.

76. L'imagination, cette brillante aventu
rière, doit faire les frais de la conversation
qui, sans elle, serait bien insipide; mais dau
la conduite de la vie, l'esprit doit toujoui
être subordonné au jugement.

77. Il y a une différence notable entr
l'esprit faux et la mauvaise tête : l'esprit fau
juge de travers et se conduit mal sans le s
voir, au lieu qu'avec une mauvaise tête o
peut voir juste; mais, par une espèce de bra
vade audacieuse, on embrasse le mauvais part
et l'on y persiste par un fol entêtement.

* 78. On se croit bien assuré du succ

orsque l'on a calculé sur l'intérêt de celui avec qui l'on traite. Eh! qui vous a dit qu'il comprendrait cet intérêt?

En général on ne fait pas une assez grande part à la sottise dans les combinaisons de la prévoyance.

79. Les conteurs d'histoires ressemblent aux gens qui vivent d'emprunt; leur crédit ne dure pas.

* 80. Voulez-vous fixer l'attention de l'homme le plus distrait; s'il est jeune, parlez-lui de sa maîtresse, de ses chevaux ou de ses chiens; s'il commence à vieillir, parlez-lui de sa santé.

81. Damis, dites-vous, est le plus ennuyeux des hommes; il ne parle jamais. — Ingrat, vous vous plaignez; que serait-ce s'il parlait?

82. Plaignez celui qui est en butte aux en-

nuyeux; mais évitez celui qui, lorsqu'il e:
seul, s'ennuie. S'il n'est pas vicieux, il a l
germe de tous les vices.

83. Il faut, pour plaire dans le monde
une mollesse d'opinion, une indifférence pou
la vérité, enfin une certaine souplesse d'es
prit, qui s'accordent mal avec la franchis
d'une ame forte et la fierté d'un génie supé
rieur : aussi lorsque l'on recherche dans l
société des individus de cette trempe, c'e:
plutôt par curiosité que par attrait, et l'o:
s'en lasse bien vite.

84. La conversation étant considérée comm
un délassement d'occupations sérieuses, on :
demande généralement plus de gaieté que d
raison, plus d'esprit que de jugement, plu
de grace que de solidité; aussi les Français
dont les agrémens ont tant d'éclat, passent-il
sans difficulté pour le peuple le plus aimabl
de l'univers. Ils sont fiers de cette réputation

peut-être le seraient-ils moins s'ils savaient que, par une conséquence nécessaire, on trouve aussi qu'ils ressemblent plus aux femmes que tous les autres hommes.

85. Une grande étendue dans l'esprit préserve de l'affectation, mais ne garantit pas du mauvais goût, qui tient aux liaisons et dégénère en habitude.

86. Lorsque vous entendrez parler d'un homme heureux et aimable, soyez sûr qu'il entre dans son caractère une juste proportion d'insouciance et de sensibilité.

87. Si la fortune pouvait récriminer, on serait moins prompt à l'accuser.

88. Tout est grand dans le temple de la faveur, excepté les portes, qui sont si basses qu'il faut y entrer en rampant.

*.89. La faveur de la multitude a de com-

mun avec celle des princes, qu'elle s'acquier
à bon marché et se perd de même.

90. Si nous étions plus près du soleil nou
verrions ses taches, et nous serions incom
modés de sa chaleur.

Voilà ce qui arrive ordinairement lorsque
séduit par l'éclat qui environne les princes
on s'en approche de trop près.

* 91. Les peuples ne l'éprouvent que trop :
la plupart des princes sont gouvernés par des
favoris ou des maîtresses. Mais lorsqu'un heureux hasard place sur le trône un génie supérieur, favoris et maîtresses ne sont pour lui
que des goûts plus ou moins dispendieux,
comme la chasse, le jeu, les bâtimens.

Il vaudrait mieux sans doute s'abstenir de
ces frivolités, et c'est ce que font les princes
sages : ceux qui le sont moins s'en amusent.

92. Soyez assidu, flattez, et ne brillez pas :

voilà ce qui, à la cour, donne tant d'avantage à la médiocrité ; car le mérite dédaigne
de s'abaisser à de pareils moyens ; il ne veut
devoir son avancement qu'à ses services.

93. Rien n'est si commun que de se dé-
vouer pour les princes ; il est plus rare de les
aimer.

* 94. Il y a des princes si faibles qu'il y a
plus de danger à les servir que de péril à les
braver.

* 95. Quelle que soit la forme du gouvernement sous lequel on vit, c'est s'exposer à
bien des mécomptes que de s'attendre à voir
récompenser ses services. Souvent les répu-
bliques les punissent, et plus souvent encore
les princes les oublient.

96. La plupart des princes exigent de ceux
qui les servent une extrême reconnaissance

pour les moindres faveurs, un entier oul
des plus mauvais traitemens.

Il ne manque pas de femmes qui ressei
blent aux princes sur ce point.

* 97. Quelques princes font oublier l
droits de la liberté; mais il n'en est que tro
qui dégoûteraient de la monarchie.

98. Il y a tant de bassesse dans la plupa
des louanges, qu'elles avilissent plus ceux qu
les donnent qu'elles n'honorent ceux qui l
reçoivent.

99. Ce sont les hommes qui donnent au
tyrans les moyens de les opprimer, comm
l'on tire des chevaux la bride qui les condu
et le fouet qui les frappe.

100. Les montagnes sont comme les cours
leur grandeur en impose et leur aspect séduit
mais on est bientôt dégoûté de leur séjour,
moins qu'on n'y ait été élevé.

101. Ce n'est pas tant l'élévation en dignité que le pouvoir de nuire impunément, qui, dans les ames basses, produit l'insolence.

102. Vous vous plaignez de voir tant d'exemples de bassesses? — Hélas! vous ne savez pas tout : tel ne montre quelque dignité que parce qu'il craint de se dégrader sans profit.

103. Ceux qui, pour excuser leurs bassesses, prétendent qu'ils ne les font que par intérêt pour leurs enfans, changeraient de prétextes et non de conduite s'ils venaient à les perdre.

104. Le nombre des fripons est si grand, qu'il faudrait au moins pouvoir compter sur la délicatesse de tout ce qui reste ; et cependant que d'exceptions !

105. Le voyage en bateau plaît en commençant ; mais bientôt il devient tellement insipide, que l'on quitterait volontiers cette

voiture si douce pour le pavé et ses cahots.
Ainsi, dans le voyage de la vie, on se dégoûte
bien vite de cette tranquillité qui semblait devoir combler tous nos désirs, et la monotonie
paraît plus insupportable que la contrariété.

106. Voyez-vous ce moissonneur qui revient à sa chaumière courbé sous le poids
d'une énorme gerbe? il oublie sa peine en
songeant au fardeau.

Ainsi, dans une course pénible, le voya-
geur supporte gaiement la fatigue en pensant
à tout ce qu'il rapporte de connaissances utiles
et d'intéressans souvenirs.

107. Hier était laid, aujourd'hui n'est pas
beau ; mais demain... et la vie se passe.

108. L'attention est le burin de la mémoire.

109. Nous tolérons encore avec assez d'in-

dulgence les défauts de nos égaux ; mais nous exigeons la perfection dans ceux qui nous gouvernent et dans ceux qui nous servent. Cependant, combien peu de particuliers seraient de bons princes, et combien de maîtres seraient de mauvais domestiques ! Ce retour sur nous-mêmes devrait nous porter à l'indulgence, et nous faire supporter avec plus de patience les sottises des gens et les fautes des rois.

110. Les lettres, quels que soient leurs charmes, ne suffisent pas pour distraire une ame forte en proie à de cuisans chagrins ; l'histoire, aussi bien que les fictions, lui rappelleraient à chaque instant des malheurs semblables aux siens. Les sciences seules peuvent amortir la sensibilité : lorsqu'on est capable de s'y appliquer, elles enlèvent dans une région supérieure à ce monde de misères, et dirigent cet intérêt si vif, que l'on prenait à des biens périssables, vers des choses indépendantes de la fortune.

111. La géométrie nous apprend à connaître des courbes dont la propriété est de s'ap-
procher toujours de leurs *asymptotes* sans pouvoir jamais les atteindre. Telle est la marche
de l'esprit humain vers la perfection : conduit
par le génie et par le hasard, il avance toujours, mais il n'arrive pas.

112. La civilisation et la douceur des mœurs
qui en est la conséquence nécessaire, tendent
à affaiblir également les défauts, les qualités
et tous les traits saillans des différens caractères. C'est ainsi que, dans la nature, le mouvement insensible des eaux, en élevant incessamment les plaines aux dépens des montagnes,
tend à mettre tout de niveau.

* 113. Les mœurs actuelles ont du moins
cet avantage de nous garantir des fortes passions.

114. Ce n'est que par rapport à la morale

et aux sciences exactes que les vérités sont absolues et immuables; dans tout le reste, elles sont subordonnées aux temps et aux circonstances.

115. La modestie, ce doute aimable de son mérite, est dans la nature aussi bien que l'amour-propre; mais l'humilité n'est qu'une pénitence que la religion impose à l'orgueil.

116. N'est-il pas bien bizarre que, dans tous les pays, l'art de guérir les hommes soit moins honoré que celui qui apprend à les détruire.

117. Si l'on retranchait du patriotisme de la plupart des hommes la haine et le mépris des autres nations, il resterait peu de chose.

118. Ce qui dégoûte les bons esprits des discussions métaphysiques, c'est que pour l'or-

dinaire on commence par ne pas s'entendre, et que l'on finit par se quereller.

119. Renfermé dans une vallée obscure, j'ai voulu gravir la montagne pour découvrir un horizon plus étendu. Parvenu avec bien de la peine jusqu'au sommet, je me suis trouvé dans les nuages, et je n'ai rien vu.

O vous qui avez étudié la métaphysique! dites-moi, n'est-ce pas ce qui vous est arrivé?

120. La métaphysique excite vivement la curiosité par la grandeur des objets dont elle s'occupe; mais bientôt elle dégoûte les bons esprits, qui ne tardent pas à s'apercevoir que, dans tous les systèmes, les objections sont plus fortes que les raisons. Aussi cette science est-elle chérie de ceux à qui la nature a donné un malheureux penchant pour la contradiction.

121. J'ai rencontré ce soir, dans ma pro-

ménade, un ingénieur-géographe qui levait la carte du pays; il venait de découvrir qu'il s'en fallait d'un quart de lieue qu'il ne pût fermer son dernier triangle. Obligé de recommencer toute l'opération, il me disait tristement : « Je ne me suis peut-être pas trompé sur le premier angle de l'épaisseur d'un cheveu. » Cela était vrai; il n'en avait pas fallu davantage pour produire tout le mécompte.

C'est ainsi qu'en métaphysique la moindre erreur, qui dans un premier raisonnement écarte de la vérité, mène bientôt aux conséquences les plus absurdes; mais le grand mal, c'est que la raison n'avertit pas comme la géométrie.

122. Les voyages que l'on entreprend dans le pays de la métaphysique ressemblent à ceux que l'on fait autour du monde; après bien des fatigues, on se retrouve au point d'où l'on était parti.

* 123. Tout est relatif. Si nous étions plus
sages, il y a beaucoup de braves gens qui
non-seulement se promènent librement aujourd'hui, mais qui remplissent des places
importantes dans le sénat et ailleurs, que l'on
mettrait d'un commun accord dans des maisons de santé. Si, au contraire, nous devenons encore plus fous, il y aura des places
vacantes aux petites maisons.

124. Croyez-vous qu'il y ait beaucoup de
matérialistes assez conséquens et assez modestes pour ne pas faire une exception en faveur de leur esprit.

125. Le culte de la sagesse peut se diviser
en deux branches : la philosophie pratique,
qui est la science de la modération; et la philosophie spéculative, c'est-à-dire la recherche
des moyens de la Providence.

126. Newton, le plus fort des hommes, n'a

a commencé l'histoire du monde qu'au second chapitre; il a laissé à Dieu le soin de faire le premier.

Les faiseurs de systèmes qui expliquent tout, ne sont-ils pas bien présomptueux?

127. Si Dieu n'existait pas, il faudrait l'inventer; maxime d'une bonne politique : mais ne vaudrait-il pas mieux dire qu'il faudrait inventer le diable pour les hommes, et Dieu pour les femmes? Vous savez sans doute que la crainte a moins d'empire sur elles que l'amour.

128. De tous ceux qui croient à une Intelligence supérieure, et qui se permettent de raisonner sur sa nature, je ne crois pas qu'il y en ait deux qui adorent le même Dieu.

129. Peu de gens ont la fatuité de croire qu'ils iront droit en paradis; mais beaucoup ont peur de l'enfer, et cela sert puissamment à maintenir le bon ordre.

130. L'Élysée des anciens était une agréable fiction, une heureuse idée poétique; mais l'invention du Tartare est un chef-d'œuvre de politique.

131. Une religion répressive est bien moins nécessaire dans les pays où les femmes sont renfermées.

Voilà pourquoi Mahomet, qui s'est plu à orner son paradis, a négligé l'enfer.

132. S'il pouvait exister un pays où la religion permit le vice, les athées y prêcheraient dans le désert.

133. S'il fallait absolument, pour gagner le ciel, se soumettre à toutes les mortifications des cénobites, aux rigoureuses austérités de la Trappe, on conçoit qu'une foi absolue, une conviction dégagée de doutes, seraient seules capables de nous faire renoncer aux plaisirs du monde, aux douceurs de la société, aux

charmes des affections naturelles ; mais il ne s'agit pas de pareils sacrifices. La religion chrétienne n'exige, quant au culte, que quelques pratiques plus aisées à remplir que les devoirs de société dont on s'impose volontairement l'obligation. Quant à la morale, tout ce qu'elle vous demande, c'est que vous soyez bon père, bon fils, bon époux, bon ami, humain et charitable. Ses préceptes ne sont donc que les sentimens d'un cœur juste, les penchans d'une ame généreuse, et les commandemens de la vertu.

134. La nature humaine est si faible, que les hommes honnêtes qui n'ont pas de religion me font frémir avec leur périlleuse vertu, comme les danseurs de corde avec leurs dangereux équilibres.

135. Le glaive de la loi est souvent trop court pour atteindre le crime ; mais rien ne saurait échapper à la religion : c'est en

même temps l'arme la plus sûre et celle qui porte le plus loin.

136. Il faut avoir des connaissances assez étendues dans cette branche des mathématiques que l'on nomme statique, et avoir donné quelque temps à l'étude de l'anatomie, pour comprendre par quel admirable mécanisme l'homme peut, je ne dis pas courir, sauter, marcher, mais seulement se tenir debout sur ses pieds.

Les ignorans croient que rien n'est plus simple, et les sots trouvent bien ridicule que l'on puisse s'occuper de pareilles niaiseries.

137. Les questions les plus abstraites de la métaphysique dépassent si évidemment la portée de l'intelligence humaine, qu'elles ne sauraient être un sujet convenable de méditation. Ainsi celui qui essaie d'expliquer l'action du physique sur le moral, et la réaction de l'ame sur le corps, ou qui s'efforce de concilier la

liberté de l'homme avec les décrets de la Providence, se livre à un travail aussi ingrat que dangereux. L'esprit s'irrite de son impuissance, et l'orgueil blessé cherche à douter de tout pour se venger de ne pouvoir rien expliquer : bientôt les croyances les plus salutaires et les mieux affermies se changent en un scepticisme fâcheux pour l'individu, et dangereux pour la société.

L'arbre de la science porte encore le fruit défendu : celui qui ose le cueillir ne trouve, pour prix de sa témérité, qu'une écorce vide et amère.

138. De ce que la superstition est souvent unie à la dévotion ignorante, il ne s'ensuit pas qu'elle ne puisse avoir d'autres causes; ce qui le prouve, c'est qu'il n'est pas rare de voir l'iniquité et l'athéisme mêmes se livrer à des pratiques superstitieuses. Il semble qu'il faut chercher l'origine de cette faiblesse dans un certain penchant pour le merveilleux, une

curiosité vaine et crédule, qui se modifient
en raison des classes et des caractères, mais
dont l'esprit et même les connaissances ne
sauraient garantir. Ainsi le paysan grossier
croira qu'un saint de bois a remué la tête
pour demander une offrande, tandis qu'à la
ville, des femmes qui se moquent des préjugés vont sérieusement chez une sorcière in-
terroger l'avenir, et que tel savant qui a pâli
sur les livres, égarant son imagination exaltée
dans les vastes domaines du possible, croit
aux visions et à toutes les rêveries des illumi-
nés. Quelle que soit la source de la superstition, elle n'est dangereuse pour la société que
lorsqu'elle est assez forte pour déterminer
à faire ce qui est contraire à la morale,
en croyant obéir aux ordres de la Divinité.
O vous qui vous sentez du penchant pour une
superstitieuse crédulité! pénétrez-vous bien
de cette maxime aussi incontestable qu'elle est
salutaire : « Dieu ne peut commander l'injustice. » Alors vous ne craindrez pas de sou-

mettre les ordres donnés au nom de l'Être suprême, à la révision de votre conscience; ce juge incorruptible, institué par lui-même, saura démêler la fraude et vous empêcher d'être l'instrument aveugle des fripons et des fanatiques.

* 139. O vous qui doutez de l'existence de Dieu! expliquez donc le dévouement de la maternité!

140. Le chemin de la vertu est aujourd'hui si glissant qu'il y arrive une infinité d'acci-dens; mais il en arriverait bien d'autres si, dans les passages difficiles, la religion et l'hon-neur ne servaient de guides aux voyageurs.

141. On confond trop souvent l'orgueil de la naissance avec l'esprit de corps général parmi la noblesse, dans tous les pays où cette institution subsiste. Si le premier de ces sen-timens est ridicule et quelquefois odieux, le

second est trop utile à l'état pour ne pas être
encouragé : en effet, il assure l'observation
des bienséances, détruit l'égoïsme, donne la
force de faire des sacrifices, exige la bravoure
et commande la générosité.

142. Grenadiers, vous êtes fiers de votre
bravoure, et vous avez raison. On vous dit
que vous êtes des héros, je le crois ; mais ne
méprisez pas les autres hommes. J'ai connu
dans ma jeunesse une classe bien peu considérée de citoyens bien humbles ; leur nom,
quoique à tort, était devenu presque un terme
de mépris : ils n'avaient pas, comme vous,
de terribles moustaches, quoiqu'ils portassent
aussi la barbe. Au lieu de ce grand bonnet
qui vous donne l'air si redoutable, un simple
capuchon couvrait leur front rasé : c'étaient
des capucins. Eh bien, lorsque sonnait le toc-
sin de l'incendie, ils couraient au feu, s'élan-
çaient sur les toits embrasés, marchaient sur
les poutres enflammées ; ils affrontaient la

mort et souvent la trouvaient : pas un ne reculait; tous étaient intrépides. Grenadiers, que faites-vous de plus? — Mais quel était donc leur mobile? — Le même que le vôtre, l'esprit de corps et la crainte du déshonneur.

143. Les sots font tant de bruit que leurs troupes paraissent plus nombreuses qu'elles ne le sont réellement : la preuve en est que l'opinion publique est presque toujours juste. La grande majorité se compose donc de gens qui ont assez de bon sens pour déférer au jugement de ceux qui sont en état de les diriger.

144. Entendre le soir de la bonne musique, c'est accorder un juste dédommagement aux oreilles pour tout ce qu'elles ont à souffrir pendant la journée.

145. La musique n'a tant de pouvoir sur l'homme que parce qu'à son insu elle flatte la plupart de ses goûts. La mesure satisfait le

penchant naturel pour l'ordre et la symétrie ;
la mélodie plaît par sa variété, et l'harmonie
imitative satisfait l'attrait que l'on a généralement pour l'illusion.

146. Le chant est à la parole ce que la
peinture est au dessin.

147. L'esprit naturel des gens sans éducation porte à croire que les qualités de l'esprit sont innées ; tandis que le peu de stabilité
dans le caractère et la conduite des hommes
prouve que les qualités du cœur dépendent
de l'exemple, et surtout des circonstances
où l'individu est placé. Les dispositions et les
penchans qui se montrent chez certains peuples, ou même dans des familles entières, ne
détruisent pas cette assertion, puisqu'ils n'em-
pêchent pas que tous ne soient également en-
traînés par cet esprit irrésistible d'imitation
et de soumission qui semble commun à toute
la nature animée.

148. Des auteurs célèbres ont écrit de beaux et grands livres pour prouver que le caractère dépend uniquement de l'éducation; et d'autres écrivains non moins illustres ont découvert que la misère avilit les hommes, et que l'aisance est un appui nécessaire à la vertu. Cependant il existe dans tous les pays civilisés une classe d'hommes nés dans l'*aisance*, dont l'éducation est non-seulement soignée, mais encore dirigée de bonne heure vers l'étude des lois positives et des règles de la justice naturelle. Par une étrange fatalité, ces personnes, connues sous le nom de procureurs, avocats, gens de loi, ont partout la réputation de songer plus à leurs intérêts qu'à ceux de leurs cliens : leur rapacité, éternel sujet de satires et de comédies, est même devenue proverbiale, et les rares exceptions à cette règle ne font que la confirmer. Mais voici bien un autre sujet d'étonnement. On trouve dans la plupart des grandes villes une autre classe d'hommes dont toute l'éducation consiste à ramoner des chemi-

nées, à décrotter des souliers, à faire des com-
missions; occupations utiles sans doute, mais
qui semblent moins propres au développement
des idées de morale et d'équité que la lecture
des *Offices* de Cicéron, ou l'étude du Code
Justinien. Loin de jouir de quelque aisance,
ces pauvres gens n'ont qu'une subsistance précaire, passent la nuit dans un grenier et le
jour dans la rue, exposés aux injures du
temps et à toutes les misères physiques de la
vie; cependant leur réputation d'honnêteté
est partout aussi bien établie que méritée, et
le sac d'argent qui leur est confié n'arrive pas
moins sûrement à sa destination que le plus
vil fardeau.

Grands philosophes, pourquoi vous refu-
sez-vous à reconnaître que l'éducation n'im-
prime que des traces légères qui cèdent à
des exemples subséquens, et que ce qui gouverne le plus sûrement les hommes, après
la crainte, est l'esprit de corps et l'imitation?

149. La volonté exerce, en dépit des penchans naturels, un pouvoir despotique sur le
corps; mais, pour donner à cet empire l'immense étendue dont il est susceptible, il faut
que l'*esclave* soit accoutumé de bonne heure
à l'obéissance par l'exercice et les privations
de tout genre.

Cette intéressante partie de l'éducation doit
commencer lorsque les organes, assez formés
pour que l'on n'ait plus à craindre de nuire à
leur développement, sont encore assez souples
pour contracter sans danger des habitudes factices. C'est alors qu'il faut sans pitié donner à
la jeunesse des leçons de faim, de soif, de
froid, de chaud, de fatigues de toute espèce :
l'exemple et l'émulation sauront faire supporter gaiement ces pénibles épreuves; mais si
ces mobiles n'étaient pas suffisans, il faudrait
employer la crainte, car l'homme n'est réellement formé que quand les goûts sont soumis, les penchans maîtrisés, les besoins ré-
duits au simple nécessaire, et que l'ame,

méprisant sa frêle enveloppe, dispose en souverain des facultés physiques de l'individu.

* 150. La première éducation apprend à soumettre l'instinct à la volonté, et cette espèce d'instruction est commune à l'homme et aux animaux; mais le but de la seconde éducation est purement moral : celle-ci apprend à réprimer les passions; elle doit commencer de bonne heure et se prolonger bien avant dans la vie. Ceux qui en ont profité sont les sages.

151. Ce n'est pas, quoi qu'en dise le proverbe, la physionomie qui est trompeuse; ce sont les manières et surtout les discours : au lieu que la physionomie en action, c'est-à-dire les regards et les mouvemens de la bouche, ne sauraient, malgré tous les efforts de la dissimulation, en imposer à un observateur attentif et expérimenté.

Mais pour s'instruire dans cet art, le plus essentiel de tous, puisqu'il enseigne à reconnaître ce qui se passe dans la maison par l'inspection de la façade, il faut commencer de bonne heure, et lorsque le sens de la vue est dans toute sa perfection. Les notions générales et incertaines que l'on trouve dans les livres des physionomistes ne peuvent être d'un grand secours. La nature doit être interrogée, et ce n'est qu'en fixant souvent la vue en même temps que l'attention sur la face humaine, que l'on peut saisir les rapports qui existent entre les traits et les caractères : on parvient même, et cela est bien plus important, à entendre les mouvemens de ces mêmes traits, toujours subordonnés involontairement à la passion qui agite l'individu. L'étude du portrait peut seule procurer les occasions et soutenir la patience nécessaire dans un pareil travail.

Cette étude raisonnée doit donc être le complément de toute éducation soignée, et celle du dessin doit y préparer l'enfance.

152. On conclut beaucoup trop souvent par analogie.

L'incendie, l'inondation, ces fléaux terribles qui désolent l'humanité, ne sont rien en comparaison des volcans qui renversent des cités, ravagent des provinces entières, et ébranlent à des distances immenses les mers et les continens.

Par quelle étrange singularité devons-nous donc à ces agens de ruine et de destruction les seuls restes de l'antiquité qui subsistent intacts aujourd'hui? En effet, tous les monumens des hommes ont péri par leur violence ou succombé sous la faux du temps; leurs débris n'offrent plus que des traces informes, ou tout au plus que des fragmens mutilés; et voilà qu'un volcan, le Vésuve, nous a conservé des villes entières! Les formes et la matière, la poterie la plus fragile, le verre même, tout subsiste, tout est à sa place; les peintures les plus délicates n'ont rien perdu de leur éclat : les habitans seuls manquent; et l'effet de ce grand bouleversement a été d'empêcher que rien ne fût dérangé.

153. Dans tous les pays régis par des gouvernemens absolus, la presse est soumise à une censure plus ou moins sévère; mais elle ne s'exerce que dans l'intérêt politique, et pour maintenir dans toute sa force l'autorité établie : on pourrait la rendre utile à la société en l'employant à arrêter la publication de cette foule d'ouvrages scandaleux et mensongers, oiseux et futiles, qui déshonorent la littérature de tous les états.

Il est dur pour un peuple d'avoir à subir tous les inconvéniens de la liberté quand il ne jouit pas de ses avantages.

154. Imprimeurs, que la stérilité d'imagination de la plupart des auteurs vivans effraie, rassurez-vous; votre commerce ne peut que prospérer. Aujourd'hui les livres enfantent les livres; ces familles dégénèrent, mais elles ne s'éteignent pas.

155. On élague les branches inférieures des arbres pour diriger leur sève vers la cime et les faire monter ; c'est ainsi que, pour s'élever à de grandes pensées, il faut retrancher tous les intérêts près de terre, et ne songer qu'à la gloire et à l'avenir.

* 156. Lorsque l'âge commence à appesantir sur nous sa main glacée, il n'est plus temps de chercher à exciter dans notre cœur ces sentimens d'un dévouement généreux qui ennoblissent les passions ; l'égoïsme à la démarche lente, mais assurée, s'empare progressivement de tout notre être. Ainsi j'ai vu dans les grandes Alpes le glacier s'étendre chaque année aux dépens des moissons, et condamner une partie de terrain fertile à une éternelle stérilité.

157. Tandis que l'admiration de tous les âges s'attache aux ouvrages de ces grands écrivains qui ont joint le mérite de la clarté à la

profondeur de la pensée, la vanité de quelques lecteurs soutient certains auteurs mo-
dernes qui entortillent dans un style d'oracle
et les lieux communs, des idées fausses, soutient même une suite de mots vides de sens.
Laissons leurs admirateurs regarder en pitié
ceux qui, doués d'un esprit juste, dédaignent
de chercher le mot de ces pitoyables énig-
mes.

L'obscurité est une preuve de négligence
lorsqu'elle n'est pas celle d'un esprit étroit.

158. La profondeur donne à penser, l'obscurité donne à deviner, le *galimatias* est
une attrape dont souvent l'auteur est la première dupe.

159. La plupart des auteurs, en cherchant
à rendre leurs ouvrages piquans, ne réussissent pas mieux que ces médecins qui or-
donnent l'opium comme stimulant, et qui souvent endorment leurs malades.

156 PENSÉES

160. Il ne suffit pas, pour assurer le succ
d'un ouvrage, que l'on y trouve des pensé
fortes, des sentimens élevés, des raisonn
mens judicieux ; il faut encore que l'expre
sion soit heureuse, élégante sans affectatio
et simple sans bassesse. C'est alors que le styl
semblable à cette enveloppe d'un cèdre inco
ruptible qui préservait les manuscrits pr
cieux des ravages du temps, transmet à la po
térité les productions des grands écrivains,
leur conserve un lustre immortel.

161. Le bon style ne consiste pas unique
ment, comme quelques personnes sans tale
voudraient le faire croire, dans un heureu
choix de mots sonores, dans un arrangeme
de phrases harmonieuses. Les bons écrivai
seraient bien moins rares s'il n'était pas indi
pensable, pour mériter ce nom, d'unir à
correction du langage la propriété de l'e
pression ; s'il ne fallait pas employer toujou
des images nobles et soutenues, éviter l

...rmes bas autant que l'emphase, être clair ...ns être diffus, et concis sans obscurité. Enfin ... bon style satisfait à la fois l'esprit, l'oreille ...t la raison.

162. La médiocrité des ouvrages d'esprit ...mposés par les femmes ne tient pas seule- ...ent à la faiblesse de leurs moyens, elle dé- ...end encore de ce que celles qui possèdent à ...a fois un esprit distingué et une raison su- ...érieure, satisfaites de régir la famille et de ...laire à la maison, ne cherchent jamais dans ...e métier d'auteur une gloire qui n'est pas ...our elles. Nous pouvons juger de ce qu'elles ...raient capables de faire par leurs correspon- ...ances. Les plus excellens écrits qui soient ...ortis de la main des femmes ne sont assuré- ...ent pas des compositions destinées au pu- ...lic ; ce sont des lettres familières : celles de ...a mère des Gracques étaient aussi estimées ... Rome que celles de lady Montagu et de ma- ...ame de Sévigné le sont à Londres et à Paris.

Et qui peut douter que ces illustres personnes n'eussent surpassé toutes les femmes auteurs, si elles avaient cru la profession d'é-
crivain compatible avec la réserve qui leur
était imposée par leur sexe, et qui fait en
quelque sorte partie de la pudeur ?

163. Lorsque les gens du monde savent
écrire, ils ont, à esprit égal, de la supériorité
sur les gens de lettres. S'ils traitent un sujet
léger, ils ont d'ordinaire plus de grace et le
goût plus délicat; si c'est une matière sé-
rieuse, leur jugement est plus sain, parce
qu'ils joignent à l'expérience des affaires une
plus grande connaissance du cœur humain.
Sont-ils historiens, ils savent mieux apprécier
les motifs et déduire les conséquences. Si vous
en doutez, relisez Xénophon, César, Tacite,
Guichardin, Machiavel, Montesquieu, Sully,
le grand Frédéric.

Mais en revanche, et sans doute par la
même raison, les grands poëtes ont cultivé

exclusivement les lettres. On ne voit pas que
Virgile, Homère, Racine, Voltaire, l'Arioste,
aient jamais fait autre chose : c'est que la poé-
sie exige que l'imagination s'élève dans un
monde idéal, loin du commerce ordinaire des
hommes et des rapports communs de la vie [1].

* 164. La variété et l'étendue des connais-
ances, en donnant aux facultés naturelles
tout leur développement, ajoutent à la raison
plus de prudence, à l'esprit plus de sagacité,
au style plus de charmes. Un ignorant, quelque favorisé qu'il soit de la nature, ne sera
jamais un grand écrivain. Considérez tout ce
que savaient, pour leur temps, Homère et
Hérodote.

165. Au commencement de l'année, je re-
gardais à la porte d'un libraire l'annonce du

[1] Ceux de nos auteurs qui passent pour avoir le mieux
observé les hommes, Montaigne, La Bruyère et Molière n'étaient pas des gens de lettres.

livre annuel de la *Connaissance des Temps*,
publié par le bureau des longitudes. Quoique
étranger à l'astronomie, je m'enorgueillissais
en pensant que des hommes, mes semblables
pouvaient atteindre à la hauteur de ces spéculations sublimes, qui, sur les ailes du génie, traversant l'espace et les temps, soumet-
tent les mouvemens des corps célestes à la
précision d'un calcul rigoureux toujours justifié par l'évènement, et prédisent à une seconde près ce qui arrivera dans un siècle,
lorsqu'en me retournant je vis un bureau
de loterie couvert d'annonces contenant des
moyens infaillibles de faire fortune, et mon
orgueil se dissipa.

166. Tout porte à croire que le télescope,
dans son état actuel, ne nous permet pas de
découvrir le plus éloigné des astres, et que le
microscope ne grossit pas assez pour nous faire
apercevoir le plus petit des êtres vivans. Ainsi
des instrumens plus parfaits augmenteraient

la liste des mondes, et ajouteraient à la no-
menclature des habitans de celui-ci, sans que
l'on puisse assigner de bornes à cet accroisse-
ment. En attendant, nous possédons un instrument qui sera toujours plus fort que tous
les autres ; c'est l'imagination, qui dépasse les
limites des sens et plane sur l'abîme de l'infini.

167. Homme, chétif animal, veux-tu de
bonne foi réprimer les élans de ton ridicule
orgueil, et te réduire à ta juste valeur dans
l'échelle des êtres ? connais d'abord combien
ils sont nombreux ; monte à l'Observatoire,
considère dans le télescope les planètes, leurs
satellites, et ces milliers d'astres un million de
fois plus gros que la terre où tu n'es qu'un
point, et que cependant la vue simple ne te
faisait point apercevoir. Eh bien, l'analogie
la plus frappante fait présumer que tous ces
mondes sont habités. Ce spectacle inconce-
vable fatigue les yeux et confond ton esprit.
Tu descends, mais le physicien est en bas ; il

11

t'attend avec son microscope pour te découvrir un univers infiniment petit. Ici la nature
prodigue des combinaisons inconnues dans le
monde visible ; elle prend les formes les plus variées et semble se jouer de sa toute-puissance.
Regarde les animaux à tourbillons ; ceux qui,
au lieu de membres, ont des roues dentelées
toujours en mouvement ; ceux dont la trompe
ou peut-être la queue se divise en tubes qui
rentrent les uns dans les autres ; enfin cette
foule d'animalcules différens que chaque in-
fusion de plantes contient. Si leurs formes excitent l'étonnement, leur transparence permet
de découvrir les plus secrets mystères. Ici tous
les organes paraissent à nu ; leurs fonctions
s'exécutent en ta présence. Dans plusieurs espèces, les générations se pressent et se suc-
cèdent avec presque autant de rapidité que
dans les pages de l'histoire ; dans d'autres, on
voit à la fois l'enfant dans la mère contenue
dans l'aïeule, et trois individus se mouvoir
dans le même animal.

Tous ces êtres et une foule d'autres que la faiblesse de la vue humaine, quoique aidée des plus forts instrumens, empêche de découvrir, sont organisés, ont un instinct, une volonté, une existence indépendante; ils vivent, enfin, et leur importance dans l'ordre de la création est peut-être aussi grande que celle des rois qui gouvernent le monde, et des philosophes qui prétendent l'éclairer [1]

168. Je veux réunir ce petit champ à mon grand parc, dit impérieusement, en regardant des fenêtres de son château un enclos qui touche à ses vastes domaines, ce riche que l'âge et les jouissances du luxe ont déjà courbé vers

---

[1] Dans le temps que je m'occupais d'expériences sur les animalcules microscopiques, je mêlai par hasard les infusions de deux plantes. Le lendemain, j'eus la curiosité d'examiner ce mélange au microscope; mais je fus bien surpris d'y découvrir une espèce d'animaux inconnus, absolument différens de ceux que contenaient les deux infusions. Que de conjectures offre ce résultat inattendu !

la terre; je veux à tout prix qu'il m'appartienne... Insensé! c'est vous qui allez lui appartenir; votre vue affaiblie vous empêche d'y découvrir l'humble croix sur le tombeau du pauvre. Mais votre place est déjà marquée à côté de lui; c'est le champ de l'égalité, c'est un cimetière.

* 169. Sans la religion, l'idée de la mort serait désespérante pour les heureux du monde, et le pauvre vivrait sans consolations.

170. Vous avez vu naguère ce grand chêne, l'ornement de la forêt : plein de vigueur, il croissait encore, et ses branches ombrageaient au loin les arbustes d'alentour. Un coup de vent a suffi pour l'abattre; tandis que sur le bord du ruisseau, ce vieux saule, réduit depuis long-temps à la moitié de son écorce, subsiste toujours, et pousse des rameaux verdoyans.

C'est ainsi que souvent la mort atteint celui

qui, dans la force de l'âge, comptait avec confiance sur une longue vie ; la cruelle qu'elle est semble se faire un jeu barbare de frapper la jeunesse et la santé, pendant que, dédaignant une facile victoire, elle épargne longtemps ce vieillard infirme dont la frêle existence diffère peu du néant !

L'incertitude de notre dernière heure, en nivelant tous les âges, permet toujours l'espoir, mais nous oblige sans cesse à la prévoyance.

171. A voir le grand nombre de nouveaux remèdes et de nouveaux livres de médecine écrits par des gens d'un talent constaté, on doit croire que le premier des arts, celui de guérir les hommes, fait journellement des progrès ; et cependant, si l'on calcule le nombre des malades, on doit croire qu'il n'en fait aucun. Cette contradiction apparente ne peut être expliquée qu'en posant ainsi la question : *Déterminer si l'on guérit plus de malades qu'autrefois.* La réponse ne saurait être dou-

teuse : les maladies cèdent bien plus que dans
les temps passés au pouvoir de la science;
des spécifiques nouveaux, d'un effet presque
immanquable, ont été découverts; les char-
latans, troupe si meurtrière, deviennent plus
rares à mesure que les lumières s'étendent.
La raison, l'analyse et l'expérience ont banni
pour jamais de la médecine, comme de la
physique, les qualités et les pouvoirs occultes;
la chirurgie, appelant l'industrie au secours
de l'adresse, a forgé de nouveaux instrumens
et guéri des blessures jadis reputées mortelles.
Si cependant il y a toujours autant de malades, la faute en est au luxe, qui, en ga-
gnant les basses classes, les a fait participer
aux maladies des gens du monde; c'est encore parce que la mollesse, qui énerve les
corps, les rend plus sensibles aux variations
subites de nos climats inconstans; enfin, c'est
parce que toutes les passions factices, funestes
produits de la dissolution des mœurs, crispent
continuellement les nerfs, tandis que les bois-

sons débilitantes, inconnues aux anciens, affaiblissent tout le système.

172. On n'est pas d'accord sur le moment
de la journée où l'esprit est le plus disposé au
travail. Les uns prétendent que c'est le matin,
d'autres soutiennent que c'est le soir. Le fait
est que chacun a raison pour soi, sans pouvoir
juger pour les autres, puisque tout dépend
de l'action plus ou moins prompte des organes
de la nutrition. Le cerveau ne saurait agir
avec toute son énergie que dans cet état de
liberté qui suit le travail de l'assimilation, et
qui précède le besoin.

173. Lorsque vous marchez trop, vous avez
mal aux jambes; lorsque vous parlez trop haut,
vous êtes enroué; lorsque vous méditez long-
temps, vous avez mal à la tête : l'analogie est
trop frappante pour ne pas déterminer le siège
de la pensée... Mais peut-être me répondrez-
vous que vous ne méditez jamais.

174. Si les hommes étaient sages, ils donneraient à la religion et à la médecine la plus grande partie du temps que ne réclament pas les devoirs de leur état [1].

175. Bientôt il faudra mourir. Alors, si vous êtes heureux, quel regret de quitter la vie! Et pourquoi ne pas chercher à prolonger votre bonheur au delà du trépas? Êtes-vous malheureux ; que n'essayez-vous de prendre votre revanche?

Dans les deux cas, adressez-vous à la religion.

176. Depuis quelques années je suis devenu bien plus sage. — J'entends ; vos forces ont diminué.

177. Si les habitans des villes sont partout

[1] Lecteur, que cette réflexion étonne, il y a apparemment des choses qui vous touchent de plus près que votre ame et votre corps ; mais aussi vous n'êtes pas sage.

plus corrompus que ceux des campagnes, c'est principalement parce que les travaux de ces derniers sont si fatigans, que le plus souvent, pour réparer leurs forces épuisées, ils ont besoin d'un repos absolu. Le délassement suffit donc à leur plaisir; mais à la ville, où le travail est en grande partie d'adresse ou d'esprit, le temps du repos présente pour les mœurs tous les dangers de l'oisiveté.

178. Il y aurait de quoi faire bien des heureux avec tout le bonheur qui se perd dans ce monde.

179. Il est rare que l'on ne fasse pas un bon marché en achetant des espérances par des privations.

180. Les spéculations sont à la mode. En voici une qui présente un gain assuré. Lorsque vous êtes triste, tirez des lettres de change sur l'*avenir* : elles pourront être pro-

testées à l'échéance; mais qu'importe? pourvu
que le présent les escompte.

181. S'il vous reste quelque prudence, ne
souffrez pas que vos passions tuent vos goûts :
vous serez trop heureux de les retrouver un
jour.

182. Lorsque les passions meurent, les
goûts en héritent.

183. La patience ne serait pas une qualité
si précieuse, si elle ne servait autant à faire
espérer le bien qu'à faire supporter le mal.

184. *Toujours, jamais :* ces deux mots
manquent dans le dictionnaire des sages : et
cependant il n'en est guère de plus usités.

185. *Damis :* «Courage; encore quelques
années de travail, et je pourrai me reposer.»
Cléante : — «Mais si vous mourez avant ce

terme, que de peines perdues ! » *Damis :* —
« Non, car l'espérance du repos vaut mieux
que la réalité. »

186. Les choses sont si bien arrangées,
que le plaisir du succès est presque toujours
proportionné à la peine qu'il a fallu prendre
pour réussir.

187. Malheureux celui qui ne connaît pas
le charme du travail ! il ne connaîtra que trop
tôt le dégoût des plaisirs.

* 188. Il ne manque pas de gens qui cherchent à persuader que leur paresse est de la
philosophie.

189. La douceur des formes n'exclut pas
la force du caractère.

* 190. Il n'y a point de fierté sans constance.

L'homme fier, c'est un rocher battu pa
les flots; il lasse la tempête.

* 191. On ne plaint pas la fierté qui souf
fre, on l'admire.

La faiblesse seule a besoin de consolation

* 192 Il y a quelque chose de plus fort qu(
l'intérêt, c'est le dévouement.

193. La curiosité qui porte sur les choses
annonce de l'élévation dans l'esprit; celle qui
ne porte que sur les personnes est une marque de petitesse.

* 194. La méfiance poussée à l'extrême est
toujours la preuve d'un cœur sec et d'un esprit étroit.

* 195. Il y a des esprits tellement amis du
merveilleux, que l'invraisemblance est pour
eux un commencement de preuve.

* 196. Lorsqu'on vous présente un fait invraisemblable, avant de tirer des consé-quences, il serait plus sage de s'assurer de la réalité.

* 197. L'esprit est l'art des rapproche-mens, le génie découvre les conséquences, l'invention les applique.

* 198. Comme la finesse consiste à saisir habilement les nuances délicates et les rap-ports entre les petites choses, il n'est pas étonnant qu'elle s'accorde mal avec l'éten-due de l'esprit.

Il en serait alors au moral comme au phy-sique; ceux qui ont la vue très-longue ne dis-tinguent pas si bien les objets rapprochés.

199. *Tout le monde le dit :...* propos or-dinaire des méchans pour donner plus de poids à leurs calomnies. Ils commencent par mentir; mais la malignité répète, et ils ne mentent pas long-temps.

200. On sollicite le premier bienfait, on exige le second, et souvent le troisième est arrivé que la reconnaissance est encore en chemin.

201. J'aime trop l'indépendance pour désirer le crédit; mais je voudrais en avoir la réputation pour obtenir justice de certains personnages.

202. En voyant tant de bassesses et tant d'injustices, on doute si c'est pour la servitude ou pour la tyrannie que les hommes ont le plus de penchant.

Je me trompe, car il ne manque aux ames serviles que le pouvoir pour opprimer à leur tour.

203. Puisque la bêtise est une infirmité naturelle, il est injuste et même cruel de la tourner en dérision; elle ne commence à mériter le mépris que quand la vanité s'y joint.

Le boiteux ne devient ridicule que lorsqu'il veut danser.

204. Les terrains bas doivent leur fécon-
dité aux sels fertilisans qu'ils reçoivent des
hauteurs qui les dominent. Il en est de même
du commun des hommes, qui doivent les
jouissances de la civilisation aux génies supérieurs dont souvent ils méconnaissent les
bienfaits.

* 205. Lorsque les ambitieux parviennent
aux grandes places, ils s'efforcent d'avoir pour
collègues des hommes médiocres, et des hommes forts pour subordonnés.

* 206. La politique moderne a mis à découvert un vice de plus caché au fond du
cœur humain, c'est le manque de foi si commun dans les amitiés de parti.

* 207. Quelle misère! Est-il un ambitieux
parvenu au pouvoir, qui, au déclin de l'âge,

ne voulût troquer une puissance si chèrement
achetée contre la robuste jeunesse du moindre
de ses serviteurs.

208. Lorsqu'il paraît un ouvrage dont le
sujet est intéressant, on le lit par curiosité;
bientôt vient la critique, la malignité le fait
encore lire ; mais la réponse n'a pas de si
puissans auxiliaires : aussi est-elle repoussée
par l'ennui.

Dans un pays léger comme le nôtre, on
aime bien mieux courir le risque d'être injuste que de s'occuper trois fois de suite du
même ouvrage.

209. Une pauvre femme que la mort
frappe pendant qu'elle nourrit son enfant,
laisse un plus grand vide sur la terre que tel
orgueilleux personnage qui se croit bien important. Pour juger de l'importance réelle
d'un individu, il faut songer à l'effet que pro-
duirait sa mort.

210. J'ai connu un fou qui était persuadé que la loterie n'était pas un jeu désavantageux, parce qu'il y avait gagné un terne. Lorsque l'on combattait son opinion, il en appelait à son expérience, et croyait avoir répondu victorieusement.

Le monde est plein de pareils logiciens.

211. Une des erreurs les plus communes est de prendre le résultat d'un événement pour sa conséquence nécessaire.

212. Tandis que la sagesse, comparant les effets et les causes, recueille les leçons de l'expérience, le vulgaire tire sérieusement des conséquences pour l'avenir d'événemens dont les chances incalculables, réunies par le hasard, ne doivent plus se renouveler.

213. Que notre raison est faible, mais que notre industrie est grande! dans tous les genres, elle sait forcer les obstacles même à

devenir des moyens. C'est ainsi que le vent contraire sert à gagner le port en louvoyant, que la clef de la voûte empêche, par son poids, les autres pierres de tomber, et que, dans le mécanisme social, on fait servir les forces des hommes injustes à réprimer les injustices et à conserver l'ordre public.

Où en serait-on si l'on ne pouvait confier la sûreté publique qu'à des soldats vertueux?

214. Les cœurs sensibles demandent qu'on les aime; les personnes vaines veulent qu'on les préfère.

* 215. L'esprit est presque toujours la dupe du caractère.

Cela est surtout vrai pour les hommes faibles; quand il s'agit de prendre une résolution, ils ne sentent pas la force des argumens qui conseillent le courage.

216. Tandis que l'honneur, cet esclave

impérieux, suit aveuglément les caprices de
l'opinion, la justice naturelle demeure im-
muable sous la sauve-garde de la conscience
et de la raison [1].

217. Comment confondre l'honneur avec
la vertu? Celle-ci commande impérieusement
de réparer ses torts, et souvent l'autre le
défend.

218. C'est parce que l'or est rare que l'on
a inventé la dorure, qui, sans en avoir la solidité, en a tout le brillant. Ainsi, pour remplacer la bonté qui nous manque, nous avons
imaginé la politesse, qui en a toutes les appa-

[1] Aussi les lois de la morale sont-elles constantes et
uniformes, tandis que celles de l'honneur varient
avec le temps et les lieux. Il y a même tel pays où
l'on compte à la fois plusieurs espèces d'honneurs :
l'honneur militaire, l'honneur des corps, l'honneur des
joueurs, le point d'honneur, l'honneur des maris, etc.;
ce qu'il y a de pire, c'est que la vertu est souvent peu
d'accord avec tous ces honneurs.

rences; et au défaut de vertu, nous avons l'honneur, qui en a l'éclat.

219. Dans un pays où tout le monde serait vertueux, l'honneur ne serait qu'une exaltation ridicule.

220. Ce qui rend si facile le commerce des hommes d'un esprit supérieur, c'est qu'ils n'attachent aucune importance à une foule de petites choses qui excitent l'intérêt et les passions du commun des hommes.

Ainsi, dans le courant de la vie, personne ne les trouve dans son chemin.

Envie, médisance, gourmandise, susceptibilité, tous ces vices et ces défauts sont le partage de la médiocrité et de la bêtise; mais l'extrême bonté de cœur en garantit aussi bien que la supériorité d'esprit.

221. L'indécision est le partage de la médiocrité; car l'homme borné n'a pas l'em-

barras du choix des partis, et l'homme supérieur voit à la fois le but, l'obstacle, et le
meilleur moyen de le surmonter.

222. L'homme d'esprit qui n'a rien publié
est semblable au lingot dont la valeur n'est
pas encore fixée par la marque du prince.

* 223. Il est des hommes dont l'esprit faux
et envieux est tellement reconnu, que leur
critique est un éloge.

* 224. Eh quoi, vous m'approuvez! —
Prenons garde, j'aurai dit quelque sottise.

225. L'esprit saisit les rapports, le génie
s'élance vers les résultats.

226. Les corps en mouvement obéissent à
deux forces contraires : l'une les porte vers le
centre, l'autre tend à les en écarter.
   L'homme est soumis à de pareilles lois ; la

force de l'habitude le ramène sans cesse vers les objets dont le goût du changement cherche à l'éloigner.

227. Puisque nous sommes en butte à des maux inévitables, la sagesse est l'art de trouver des compensations.

228. Tandis que la vanité s'abaisse jusqu'à prendre pour point de comparaison les vices et les travers afin de se procurer quelques misérables jouissances, comme s'il y avait lieu de s'enorgueillir d'être plus spirituel qu'un sot, ou plus honnête qu'un fripon, la mauvaise humeur cherche à la cour de la fortune, des exemples de crédit et d'opulence, pour motiver ses plaintes et ses regrets, comme s'il fallait mourir de chagrin lorsqu'on n'est pas ministre, ou qu'on n'a pas cent mille écus de rente.

Croyez-moi, prenez une route opposée.

Vous réprimerez à coup sûr les mouvemens

d'un amour-propre désordonné, lorsqu'au lieu de chercher bien bas vos objets de comparaison, vous élèverez vos regards vers ces modèles de mérite et de savoir qui sont rares sans doute, mais qui cependant existent dans tous les pays : en les admirant, vous deviendrez modeste; en tâchant de les imiter, vous deviendrez meilleur; car si la perfection ne dépend pas de nous, l'application suffit pour acquérir les connaissances utiles, comme avec une volonté ferme on est toujours sûr d'atteindre à la vertu.

Quant à la fortune, lorsque la richesse vous présente une perspective décourageante par son éloignement, tournez vos yeux vers l'aisance, elle n'est pas loin de vous, toujours prête à accorder ses précieuses faveurs au travail, à la persévérance et à la modération.

229. C'est parce que la vraie philosophie est infiniment respectable, que beaucoup d'hommes cherchent à couvrir de son man-

teau des défauts choquans ou même des vices honteux.

Ainsi l'on voit souvent l'indolence dissimuler son apathie en feignant d'attacher peu d'importance aux choses réellement utiles ; et c'est *la philosophie des paresseux*.

Quelques-uns, nés plus malheureusement, n'éprouvent réellement que du dégoût pour les connaissances utiles, n'attachent même aucun prix à ce qui pourrait les illustrer : aussi se moquent-ils de la folie de ceux qui travaillent pour acquérir de la gloire ou de la considération ; et c'est *la philosophie des sots*.

D'autres enfin, après avoir mis en doute la moralité des actions, affectent une indifférence coupable pour la justice et l'honnêteté, prétendent que la vertu est un métier de dupe, et que la sagesse consiste à suivre sans contrainte tous ses penchans : telle est *la philosophie des brigands*.

230. La philosophie est la raison du juste.

231. Il faut, pour qu'une pensée mérite d'être publiée, qu'elle soit juste, qu'elle renferme le germe d'une conséquence utile, et qu'elle soit tellement claire que le jugement l'accueille à l'instant, sans cependant que la mémoire la reconnaisse. Quant à l'expression, elle doit être telle qu'il soit impossible d'ajouter ou de retrancher un seul mot sans lui faire perdre de la précision ou de l'énergie [1].

[1] Si cette règle était suivie à la rigueur, elle serait la condamnation de tous les livres de pensées, à commencer par celui-ci; mais, à cause de l'imperfection humaine dont chacun a la conscience, on pardonne les fautes lorsqu'elles ne sont pas trop nombreuses, et qu'elles sont rachetées par des beautés : *Non ego paucis offendar maculis.* HORAT.

MAXIMES POLITIQUES.

MAXIMES POLITIQUES.

I.

Les hommes donnent l'impulsion aux affaires, et les affaires entraînent les hommes.

II.

Les grands états peuvent supporter de grands abus; ce sont les grandes fautes qui les font périr.

III.

La loi doit être la justice écrite, comme le gouvernement est la force concentrée.

IV.

Lorsque la loi ne défend que ce qui nuit à autrui, et que le prince n'exige que ce qui est indispensable à la conservation du corps politique, le bonheur public et la liberté in-

dividuelle sont le résultat de cet heureux
accord.

V.

* Il existe en Europe des peuples d'un
naturel doux et soumis, qui ne demandent à
leurs gouvernemens que la paix au dehors et
l'ordre au dedans; mais les nations généreuses
et fières sont plus exigeantes : il leur faut des
victoires ou la liberté.

VI.

L'esprit public est la force des états libres;
l'égoïsme est la sauve-garde de la tyrannie.

VII.

L'esprit public d'un pays est en raison di-
recte du bien-être général, et en raison in-
verse du nombre des habitans.

VIII.

D'ici à long-temps, la seule sauve-garde
possible de la liberté individuelle, dans

l'Europe continentale, sera la douceur des mœurs [1].

IX.

Le désespoir des peuples est l'épée de Damoclès suspendue sur la tête des tyrans.

X.

Soit que l'on tienne la suprême puissance du hasard de la naissance, des caprices de la fortune ou des mains de la victoire, on ne la perd jamais que par sa faute.

XI.

Princes, la vie est courte, mais la gloire est longue : méprisez donc les vaines clameurs de la malveillance ; car l'ingratitude meurt, et la postérité est juste.

XII.

Monarques, qui voulez faire de grandes

[1] Ceci était écrit pendant la domination de Bonaparte : les choses sont heureusement changées.

choses, il faut commencer par être riches :
faites donc que la balance du commerce soit à
l'avantage du pays que vous gouvernez ; vous
pourrez alors accroître chaque année l'impôt
en soulageant réellement le peuple.

XIII.

* La supériorité de puissance que le crédit
procure aux nations qui savent s'en servir
est comparable à celle que l'usage des armes à
feu donne aux Européens sur les peuples sauvages.

XIV.

* Le crédit est comme ces plantes qui aiment la lumière et qui ne fleurissent qu'au
grand soleil : l'obscurité le fait pâlir et les té-
nèbres le tuent.

XV.

* Les progrès des sciences appliquées à l'art
de la guerre ont produit un effet inattendu
sur la puissance relative des états. Comme

l'artillerie, surtout aussi nombreuse qu'elle l'est aujourd'hui, est infiniment plus dispen-dieuse que les anciennes machines de guerre ; il s'ensuit que les richesses ont plus d'in-fluence qu'autrefois sur les succès militaires.

Ayons donc un bon système de finances ; la prospérité intérieure le demande, et, de plus, notre gloire et notre sûreté en dé-pendent.

XVI.

Dans l'Europe moderne, les bourses parti-culières peuvent être comparées à des éponges que le fisc presse lorsque le travail et l'indus-trie les ont remplies ; mais elles perdent leur ressort, et ne peuvent plus se gonfler de nou-veau si elles ont été trop fortement pressées.

XVII.

Le plus souvent, ce qui fatigue les peuples n'est pas tant la masse de la contribution que l'inégalité de la répartition ou la maladresse de la perception.

13

XVIII.

L'indigent valide a droit au travail, et l'infirme aux secours. Voilà le tribut que la civilisation, d'accord avec la morale, impose aux hommes réunis en société : c'est le premier devoir des gouvernemens.

XIX.

La misère publique accuse d'impéritie ou de négligence les gouvernemens, parce qu'ils ont, dans tous les pays, les moyens d'encourager l'industrie, d'exciter la paresse, et d'établir l'aisance par le travail.

XX.

En administration, toutes les sottises sont mères.

XXI.

Les princes et les ministres naviguent entre deux écueils, la paresse et les détails.

XXII.

Les grands travailleurs ne valent rien pour les grandes places; mais ils sont bons pour les emplois subalternes.

XXIII.

* Heureux le pays où les beaux esprits ne font que des livres.

XXIV.

Gouverner, c'est choisir [1].

XXV.

* Rien ne prouve autant la médiocrité de ceux qui sont à la tête des affaires que la répugnance qu'ils ont à se servir des hommes supérieurs.

Le génie ne craint point les comparaisons.

---

[1] Louis xiv avait un caractère élevé; mais il n'a dû le nom de *grand* qu'à son admirable discernement.

XXVI.

Princes, ce n'est qu'en donnant des emplois au mérite que vous pourrez accorder des graces à la faveur.

XXVII.

Vous qui gouvernez les états, exercez votre générosité envers ceux dont vous n'aurez jamais entendu dire que du bien ; ils sont dignes de vos faveurs : mais ne leur confiez point de places importantes.

L'envie signale le mérite supérieur, et n'épargne que la médiocrité.

XXVIII.

L'indulgence et la générosité sont des plaisirs de princes; mais l'indulgence sans fermeté est faiblesse, et la générosité sans discernement est profusion.

XXIX.

Réprimez, vous aurez moins à punir.

XXX.

C'est parce que les lois ne suffisent pas pour
contenir les passions et réprimer les vices,
que, dans les états bien ordonnés, la religion
et l'honneur prêtent main-forte à la justice [1].

XXXI.

Le culte d'une religion qui n'admettrait
point les châtimens d'une autre vie ne doit
pas être toléré dans un état bien policé.

XXXII.

La tolérance est le devoir des gouvernemens; mais il faut aussi qu'ils répriment le
cynisme de l'irréligion, encore plus dangereux que celui des mœurs.

[1] Insensés qui prétendez gouverner les hommes par
la raison sans appeler à votre aide la religion et l'honneur, vous ne savez pas tout ce qu'il faudrait de sup-
plices pour maintenir l'ordre.

XXXIII.

Lorsque les limites naturelles séparent les nations, les guerres sont plus rares ; mais rien ne dispense des places fortes, qui seules font la sûreté des états.

XXXIV.

Les grandes puissances peuvent se passer d'alliances, et les petits états ne doivent pas y compter.

XXXV.

Au lieu d'entretenir un état militaire qui ne sert qu'à rendre plus sensible leur impuissance, les petits états devraient employer leur argent à solder les favoris et les maîtresses des princes qui peuvent envahir leur territoire, et de ceux qui peuvent prévenir leur ruine.

XXXVI.

Le seul allié constamment fidèle est un trésor bien rempli ; vous pourrez, par son

moyen, augmenter votre armée de régimens
étrangers sur qui vous pourrez bien plus
compter que sur des troupes alliées ; car leurs
mouvemens ne dépendront ni de la pusillanimité des cabinets ni de la duplicité des cours.

XXXVII.

Si l'art des négociations passe avec raison
pour être difficile, ce n'est pas seulement
parce qu'il exige la connaissance de l'intérêt
des divers cabinets de l'Europe, science exacte,
et qui s'acquiert comme toutes les autres par
le travail et la réflexion; mais c'est qu'il faut
encore savoir deviner, au moment où l'on
traite, combien chacun des négociateurs peut
se méprendre, par ignorance ou par passion,
sur les véritables intérêts de sa cour.

XXXVIII.

Le canon est le dernier moyen des rois,
ultima ratio regum, comme l'insurrection
est le dernier moyen des peuples. Les maux

qui résultent de l'emploi de ces armes terribles sont certains, les remèdes douteux : il
est donc aussi insensé que coupable de ne pas
épuiser toutes les ressources de la modération et de la patience avant d'en venir à
d'aussi cruelles extrémités.

XXXIX.

* Lorsqu'une insurrection populaire éclate,
la faute en est aux chefs du gouvernement,
qui peuvent toujours prévenir ou du moins
arrêter de bonne heure les mouvemens sédi-
tieux. Mais quand les révolutions arrivent,
les causes sont plus profondes, et ce ne sont
plus ceux qui administrent, c'est le législateur qu'il faut accuser.

XL.

* Quand une conjuration échoue par l'effet du hasard, il est plus urgent de changer la police que de punir les conspira-
teurs.

XLI.

* Une bonne police garantit la sûreté
publique d'une manière insensible, mais certaine; c'est ainsi que les paratonnerres pré-
servent de la foudre.

XLII.

Dans les révolutions, le moment où l'autorité jusqu'alors légitime cesse de l'être, est
difficile à saisir. Cependant s'il est vrai que le
gouvernement soit la force nationale concentrée, comme cela paraît incontestable, il s'ensuit que la victoire complète d'un parti commande la soumission de tous les citoyens :
mais l'honneur a d'autres lois ; il défend d'a-
bandonner, quels que soient ses malheurs,
les drapeaux d'un chef dont on a embrassé la
cause.

XLIII.

* Les révolutions populaires ont ce résultat
aussi inévitable que funeste, d'augmenter la

pente que la plupart des hommes ont pour l'égoïsme, et de diminuer chez les autres le dévouement pour la patrie. Et en effet, comment ne serait-on pas tenté de prendre ce sentiment généreux pour une duperie, lorsque l'on voit que tous les sacrifices, toutes les privations que l'on s'est volontairement imposées tournent au profit de ce qu'il y a de plus méprisable dans la nation ?

XLIV.

* Au sortir des révolutions, la lassitude est le premier sentiment que les peuples éprouvent; le repos est le besoin de tous : aussi les obstacles que le nouveau gouvernement rencontre pour s'établir viennent-ils communément moins de l'opposition des *gouvernés* que du défaut d'habileté de ceux qui gouvernent.

XLV.

* Dans les monarchies absolues, le bonheur des sujets dépend moins des lois que des

mœurs. Voilà pourquoi le prince, dont l'exemple a tant d'empire sur toutes les classes, peut faire autant de bien par ses vertus que par ses talens.

XLVI.

* Il y a en politique des objections qui paraissent tellement fortes, qu'il n'est guère possible d'y répondre autrement que par l'expérience.

Si la Pologne n'avait pas donné à ses dépens l'exemple des suites funestes de la monarchie élective, on ne voit pas trop ce qu'il aurait à objecter aux adversaires de l'hérédité; au lieu qu'aujourd'hui la nécessité de la monarchie héréditaire. dans les grands états, ne peut être contestée.

XLVII.

* La royauté est bien chère. Que de millions pour une famille! telle est l'objection favorite de certains politiques plus économes que judicieux. Mais l'expérience a prouvé

qu'en France, par exemple, on ne peut pas plus se passer de la monarchie héréditaire pour conserver la sûreté intérieure et extérieure, que des tribunaux, de la gendarmerie et des places fortes ; dès lors, n'est-il pas évident que la royauté n'est pas une affaire de choix, mais qu'elle est d'une indispensable nécessité ?

XLVIII.

* Un roi absolu est un mal : qui en doute? Mais le gouvernement populaire n'est autre chose que l'assemblage de plusieurs rois absolus : donc la monarchie absolue vaut encore mieux que le règne de la populace.

XLIX.

Au point où nous en sommes, il n'y a de monarchie absolue assurée que celle où le prince est à la fois le père des peuples, le chef de sa noblesse et le général de ses armées.

Sans cette réunion si rare, tout est précaire.

L.

* Quand on contemple d'un côté les turbu-
lentes folies d'une multitude ignorante qui prétend se régir elle-même, et que de l'autre on
songe aux caprices dangereux de l'arbitraire,
on n'aperçoit de prospérité stable que dans
le gouvernement d'une aristocratie sagement
constituée : or, de toutes les aristocraties, la
monarchie tempérée est la meilleure.

LI.

* Dans le gouvernement représentatif, le
mystère si cher à la médiocrité doit être
exclusivement réservé aux affaires diploma-
tiques; partout ailleurs il est absurde et dangereux.

LII.

* Il fallait autrefois, pour bouleverser les
états, des guerres intestines ou des irruptions
de barbares, aujourd'hui il suffit des fausses
combinaisons d'un ministre des finances.

Cette espèce de fléau était inconnu des anciens [1].

LIII.

* Une des plus grandes difficultés de l'art du gouvernement, c'est de juger jusqu'à quel point il faut sacrifier l'avantage de la génération présente au bonheur de la postérité. Ne rien faire pour l'avenir, c'est contrarier le vœu de la nature qui a donné la prévoyance à l'homme, et qui a fait de l'amour des enfans un devoir : faire trop est une injustice qui n'atteint pas même toujours son but.

LIV.

* Le vulgaire ne voit dans la vaccine qu'un moyen d'accroître la population, mais aux yeux de ceux qui réfléchissent, cette étonnante découverte procure à la société un avantage bien autrement important; elle em-

[1] Ce qui doit faire trembler ceux qui administrent les finances, c'est qu'il est hors de doute que Law était un grand financier.

pêche que les dépenses faites pour élever les enfans que la petite vérole aurait emportés ne soient perdues. En d'autres termes, la vaccine augmente considérablement la proportion des adultes sur le nombre total des individus.

LV.

* Les terribles guerres qui pendant vingt ans ont désolé l'Europe, amèneront probablement un emploi plus raisonnable de la distribution des deux sexes. On verra dans les classes inférieures, les femmes, dont le nombre surpasse beaucoup celui des hommes, remplacer ceux-ci dans les travaux des manufactures qui demandent plus d'adresse que le force; et dans l'intérieur des ménages, elles seront substituées à ces domestiques fainéans dont l'agriculture réclame les bras robustes.

Cette sage répartition existe depuis long-temps en Angleterre, et c'est sans doute une des causes de sa prospérité.

LVI.

Le prince habile dans l'art de gouverner les hommes se sert de leurs défauts pour réprimer leurs vices.

LVII.

Grand prince, dédaignez d'usurper sur les lois le pouvoir que vous refuse la constitution de votre patrie; que vos actions commandent le respect, que votre bonté gagne les cœurs: lorsqu'ils aiment, ce sont les plus soumis des esclaves [1].

LVIII.

Rien ne nuit tant au respect dû aux lois que de ne pas abolir formellement celles qui sont tombées en désuétude, surtout lorsqu'elles se trouvent en contradiction avec les mœurs.

---

[1] Placez un grand prince sur le trône d'Angleterre, tout en respectant la constitution, il sera aussi absolu que l'empereur de Maroc.

LIX.

Lorsque le temps ou l'orage ont détruit ce vieux chêne, le roi de la forêt, la place qu'il occupait est pour long-temps dévouée à la stérilité. Ainsi la nature paraît avoir besoin de repos lorsqu'elle a produit un grand prince, et ce n'est qu'après un bien long intervalle qu'elle replace autant de grandeur sur le même trône.

Il faut donc qu'un grand monarque soit, par sa prévoyance, le tuteur de la postérité.

LX.

* On conçoit qu'un grand prince puisse encore aujourd'hui se passer du gouvernement représentatif; mais que fera son fils? Le génie n'est pas héréditaire.

LXI.

* Lorsque le hasard de la naissance place sur un trône absolu un prince incapable ou

14

méchant, ce malheur est un inconvénient
prévu de l'hérédité, et contre lequel il n'y a
point de remède; mais le gouvernement représentatif ne serait qu'une dérision, si, en
dépit de l'opinion publique, une administration malhabile ou corrompue pouvait conserver le pouvoir.

LXII.

Que dirait-on d'un prince qui, après avoir
repoussé une injuste agression et pourvu à
la sûreté de ses états, imposerait, pour condition de paix aux vaincus, l'obligation de
fortifier leurs propres frontières?

Le vulgaire serait ébahi, les politiques croi-
raient qu'il a perdu l'esprit; mais la postérité des deux peuples bénirait sa mémoire.

LXIII.

La seule garantie d'une longue paix entre
deux états est l'impuissance réciproque de se
nuire.

LXIV.

Ce serait le chef-d'œuvre des institutions politiques que celles qui donneraient à un peuple assez d'esprit militaire pour se défendre avec succès, et assez de justice pour ne pas attaquer ses voisins.

LXV.

C'est parce que la défense appartient de droit naturel aux peuples comme aux individus, que le droit de l'attaque, c'est-à-dire de la guerre offensive, n'appartient à personne.

Il ne saurait donc être délégué [1].

[1] Lorsque les longues discussions sur le droit de paix et de guerre, qui agitèrent en 1790 l'assemblée nationale, furent près d'être terminées, je demandai que l'on divisât la question, en déclarant que le droit de guerre offensif n'appartenait à personne, et qu'en conséquence, la nation française, décidée à défendre l'intégrité de son territoire, n'attaquerait jamais celui de ses voisins. Cette proposition, unanimement

LXVI.

Le bonheur public est le but de toute association politique, et la crainte en est le lien.

En effet, les hommes ne sont réunis en société que pour ne pas perdre par la rapine et le brigandage le fruit de leur travail, *la propriété* : et ils ne parviennent à la garantir que par la crainte du châtiment, seul frein qui contienne les méchans.

LXVII.

Les meilleurs gouvernemens sont ceux qui renferment en eux-mêmes des principes de réformation.

Ingénieuse imitation des ouvrages de la nature, ils participent alors à cette admirable faculté de réparation et de guérison dont elle

adoptée, reçut l'assentiment général des Français et des étrangers; mais on sait le cas que nos successeurs ont fait d'une déclaration solennelle si conforme aux lois de la justice et de l'humanité.

a doué tous les corps animés, *vis medi-
catrix*.

LXVIII.

La division du pouvoir législatif assure la
durée des gouvernemens tempérés. L'unité
du pouvoir exécutif est le plus sûr garant de
l'ordre et de la tranquillité dans tous les pays.

LXIX.

La séparation des pouvoirs est la base du
gouvernement républicain; comme la distinction des classes est le principe fondamental
du gouvernement monarchique.

LXX.

Combien de services rendus à l'état pour
un bout de ruban ou pour un vain titre, et
combien peu d'actions glorieuses pour obtenir une place dans l'histoire!

C'est que le désir des distinctions est
aussi commun que l'amour de la gloire est
rare.

LXXI.

Les décorations extérieures et les titres
ont ce grand avantage pour la société, qu'en
obligeant à la bienséance ceux qui en sont
revêtus, ils diminuent le nombre des mauvais
exemples.

LXXII.

Le despotisme est la seule forme de gouvernement qui ne comporte pas l'établisse-
ment d'une noblesse : c'est qu'il ne faut au
despote que des agens aveugles de son pouvoir
suprême, qui rentrent au premier signal
dans le néant d'où ils les a tirés ; ce qui ne
serait pas possible s'ils avaient une existence
personnelle, et un rang indépendant de sa
volonté.

LXXIII.

La tyrannie ne doit pas plus dégoûter de
la monarchie, que l'anarchie ne doit dégoûter de la république. Quelle que soit la forme

du gouvernement, l'existence du corps politique est, comme la vie humaine, exposée à mille dangers.

LXXIII.

L'exercice des droits politiques est un fardeau pour tous ceux qui ne sont pas vains ou ambitieux. Les bons citoyens ne consentent à se charger des fonctions publiques que pour assurer la liberté individuelle contre les tyrans et les factieux.

LXXIV.

Un mauvais prince est un mystère de la Providence.

FIN.

TABLE DES MATIÈRES.

—

MORALE.

MAXIMES ET PRÉCEPTES. . . . . . Page   I

RÉFLEXIONS. — Sur la crainte, l'espérance
    et le courage.   39
Sur l'amour-propre, l'orgueil et la flat-
    terie.   46
Sur les femmes.   51
Sur l'amour et l'amitié.   68
Sur les affections naturelles.   78
Sur la noblesse.   86
Sur la cour.   89

PENSÉES DÉTACHÉES.   101

    1. Précautions que doivent prendre les écri-
    vains avant de publier un livre.
    2. Difficulté de trouver de nouvelles pensées.
    3. Inconséquence de souffrir que les jeunes
    gens écrivent sur la politique.

4. Sur certaines vérités.

5. La plus commune des inconséquences.

6. On croit vouloir ce qu'on ne fait que désirer.

7. Ce que l'on trouve aisé.

8. Sur la réputation d'homme de bien.

9. Disposition à blâmer.

10. Cause de la plupart des peines.

11. Il n'y a point de philosophie à toute épreuve.

12. Prétention des hommes médiocres.

13. Combien la véritable grandeur est désintéressée.

14. Bonheur pour un grand homme d'avoir de grands rivaux.

15. Facilité d'être vertueux dans la bonne fortune.

16. La richesse donne les apparences de l'honnêteté.

17. Le regret d'un profit illicite plus commun que le remords.

18. Sur l'incertitude des évènemens.

19. L'imagination complète les illusions de l'espérance.

20. Sur l'inquiétude.

21. L'estime du courage, preuve de l'attachement à la vie.
22. Sur la folie de prédire.
23. La crainte et l'espérance.
24. Les malades imaginaires.
25. Sur l'indépendance.
26. Sur le travail.
27. Sur les louanges méritées.
28. Certitude d'être aimé.
29. Plaisir de faire plaisir.
30. La plus rare des jalousies.
31-32-33. Sur l'ingratitude.
34. Première punition de l'injustice.
35. Effets différens de la possession.
36. Pas plus de paix en amour qu'en politique.
37. L'amour ne subjugue point le génie.
38. Sur les grands hommes, relativement à l'a-
   mour.
39. Les femmes n'admirent point qui peut leur
   résister.
40. Privilège des grands hommes.
41. Point de héros si la fortune ne s'en mêle.
42. Le seul malheur irréparable.
43-44. Sur l'inconstance.

45. Ce qui rend à Paris la jalousie des maris ridicule.

46. Sur le mot chasteté.

47. Deux manières de juger les fautes des époux.

48-49.50. Sur le mariage.

51. Procès scandaleux.

52. Sur l'hypocrisie.

53. En france, la légèreté a survécu à la frivolité.

54. Les fanfarons de vices.

55. Point de générosité sans un sacrifice.

56. Garantie dans l'habitude de la sagesse.

57. Sur le repos du cœur.

58. Sur l'activité et l'agitation.

59. Bonheur relatif des diverses classes de la société.

60. Influence du caractère sur le bonheur.

61. Économie du temps dans les arts.

62. Sur l'ignorance des anciens.

63. Souvent c'est par ignorance qu'on se croit du génie.

64. Sur l'intimité.

65. Moyen de plaire en s'instruisant.

66. Sur certains moralistes.

67. Sur le peu de profit des lectures morales.

68. Sur l'inconséquence.

69. Comment les différens peuples supportent l'infortune.

70. Sur la justesse d'esprit.

71. L'esprit sans raison.

72. Avantages de la modération pour l'avenir.

73. De la vivacité sans esprit.

74. Élémens du bon goût.

75-76. Sur l'imagination.

77. Distinction entre l'esprit faux et la mauvaise tête.

78. Nécessité de s'assurer si celui avec qui l'on traite comprend bien son intérêt.

79. Sur les conteurs d'histoires.

80. Moyen sûr de fixer l'attention de l'homme le plus distrait.

81. La taciturnité bien moins fâcheuse que le bavardage.

82. Soyez en garde contre celui qui s'ennuie.

83. Qualités nécessaires pour plaire dans le monde.

84. Ce qu'on recherche dans la conversation.

85. Sur l'affectation.

86. Ce qui rend heureux et aimable.

87. Sur les récriminations que la fortune aurait à exercer.

88. Sur la faveur.

89. Popularité comparée à la faveur des princes.

90. Danger des cours.

91. Des favoris et des maîtresses.

92. Avantages de la médiocrité à la cour.

93. Le dévouement pour les princes n'est pas toujours une preuve d'affection.

94. Danger de servir les princes faibles.

95. Il est plus noble et plus sûr de n'attendre la récompense de ses services que de l'estime publique.

96. Exigence des princes et des femmes.

97. Tous les princes ne sont pas les auxiliaires de la monarchie.

98. La bassesse ôte du prix aux louanges.

99. La bassesse cause d'oppresssion.

100. Le séjour des cours comparé à l'habitation des montagnes.

101. Insolence des parvenus, composée de lâcheté et de malice.

102. Il y aurait encore plus de bassesses si on les croyait toutes profitables.

103. L'intérêt des enfans sert souvent d'excuse à l'égoïsme des pères.

104. Sur la délicatesse.

105. La monotonie plus insupportable que la contrariété.

106. Sur les voyages.

107. Il ne faut qu'espérer pour supporter la vie.

108. Sur la mémoire.

109. Exigence envers les domestiques.

110. Les sciences consolent mieux que les lettres.

111. Sur la marche de l'esprit humain.

112-113. Effets de la civilisation sur les mœurs et sur les passions.

114. Ce n'est qu'en morale et en géométrie que les vérités sont immuables.

115. Sur la modestie.

116. L'art militaire et la médecine.

117. Ce que l'on prend pour du patriotisme.

118-119-120-121-122. Sur la métaphysique.

123. Ceux que l'on nomme sages ne le sont que par comparaison.

124. Inconséquence des matérialistes.

125. Deux branches de la philosophie.

126. Newton et les faiseurs de systèmes.

127. La crainte a moins d'empire sur les femmes que l'amour.

128. Déistes raisonneurs.

129. Utilité poiitique des peines éternelles.

130. Sur le Tartare.

131. Sur Mahomet.

132. L'espoir de l'impunité recrute les athées.

133-134-135. Sur la religion.

136. Que les plus simples phénomènes sont admirables.

137. Danger de vouloir tout expliquer.

138. De la superstition.

139. Le dévouement des mères, preuve de l'existence de Dieu.

140. Des tentations plus fréquentes nécessitent plus d'appuis.

141. Sur l'orgueil de la naissance et l'esprit de la noblesse.

142. Le courage considéré dans les grenadiers et les capucins.

143. Le bruit que font les sots trompe sur leur nombre.

144-145-146. Sur la musique.

147-148. Effet de l'exemple et des circonstances.

149. Le pouvoir de la volonté sur le corps.

150. L'éducation considérée sous deux rapports.

151. Sur la physionomie.

152. Conclusions par analogie.

153-154. Sur les livres et sur la censure.

155. Comment on s'élève à de grandes pensées.

156. Tristes effets de la vieillesse.

157-158-159-160-161. Sur le style.

162. Style des femmes.

163. Des gens du monde sous le rapport de la littérature.

164. Combien la variété et l'étendue des connaissances ajoutent au talent des écrivains.

165. Force et faiblesse de l'esprit humain.

166-167. Sur le télescope et le microscope.

168. Le champ de l'égalité.

169. Bienfaits de la religion.

170. Le chêne et le vieux saule.

171. Pourquoi les progrès de la médecine n'ont pas de résultats apparens.

172-173. Sur le travail de la pensée.

174. La religion et la médecine.

175. La religion relativement à l'avenir.

176. Il n'y a souvent pas de mérite à être sage.

177. Pourquoi les mœurs sont meilleures dans les campagnes.

178. Que de bonheur perdu.

179-180. Spéculations avantageuses.

181-182. Ménagez vos goûts pour remplacer vos passions.

183. Sur la patience.

184. Toujours, jamais.

185. Sur l'espérance du repos.

186. Le plaisir du succès proportionné à la peine qu'il a coûté.

187. Travail et plaisir.

188. Paresse déguisée sous le manteau de la philosophie.

189. La douceur des formes n'exclut pas la fermeté.

190-191. Sur la fierté.

192. Puissance du dévouement.

193. Sur la curiosité.

194. Trop de méfiance ne prouve rien de bon.

195. Le goût du merveilleux favorise la crédulité.

196. Qu'il faut vérifier les faits avant d'en déduire des conséquences.
197. Sur l'esprit, le génie et l'invention.
198. Sur la finesse.
199. Artifice des méchans, secondé par le penchant général à la malignité.
200. Sur l'exigeance.
201. Du crédit auprès des grands.
202. La servitude et la tyrannie.
203. La bêtise et la vanité.
204. Jouissances dues aux génies supérieurs.
205. Conduite des ambitieux parvenus au pouvoir.
206. Du peu de constance des amitiés de parti.
207. Vieillesse des ambitieux.
208. La critique et la réponse.
209. Importance relative.
210-211-212. Jugemens d'après l'évènement.
213. Industrie humaine supérieure à la raison.
214. Sensibilité et vanité.
215. L'esprit dupe du caractère.
216-217-218-219. Sur l'honneur.
220. Facilité des hommes supérieurs dans le commerce de la vie.

221. Sur l'indécision.

222. L'homme d'esprit qui n'a rien publié.

223. Quels sont ceux dont la critique est à dédaigner.

224. *Idem*.

225. L'esprit et le génie.

226. Force de l'habitude et goût du changement.

227. Sagesse, science des compensations.

228. La vanité, l'humeur chagrine aggravent les peines.

229-230. Sur la philosophie.

231. Ce qu'il faut pour qu'une pensée mérite d'être publiée.

MAXIMES POLITIQUES. 189

FIN DE LA TABLE DES MATIÈRES.

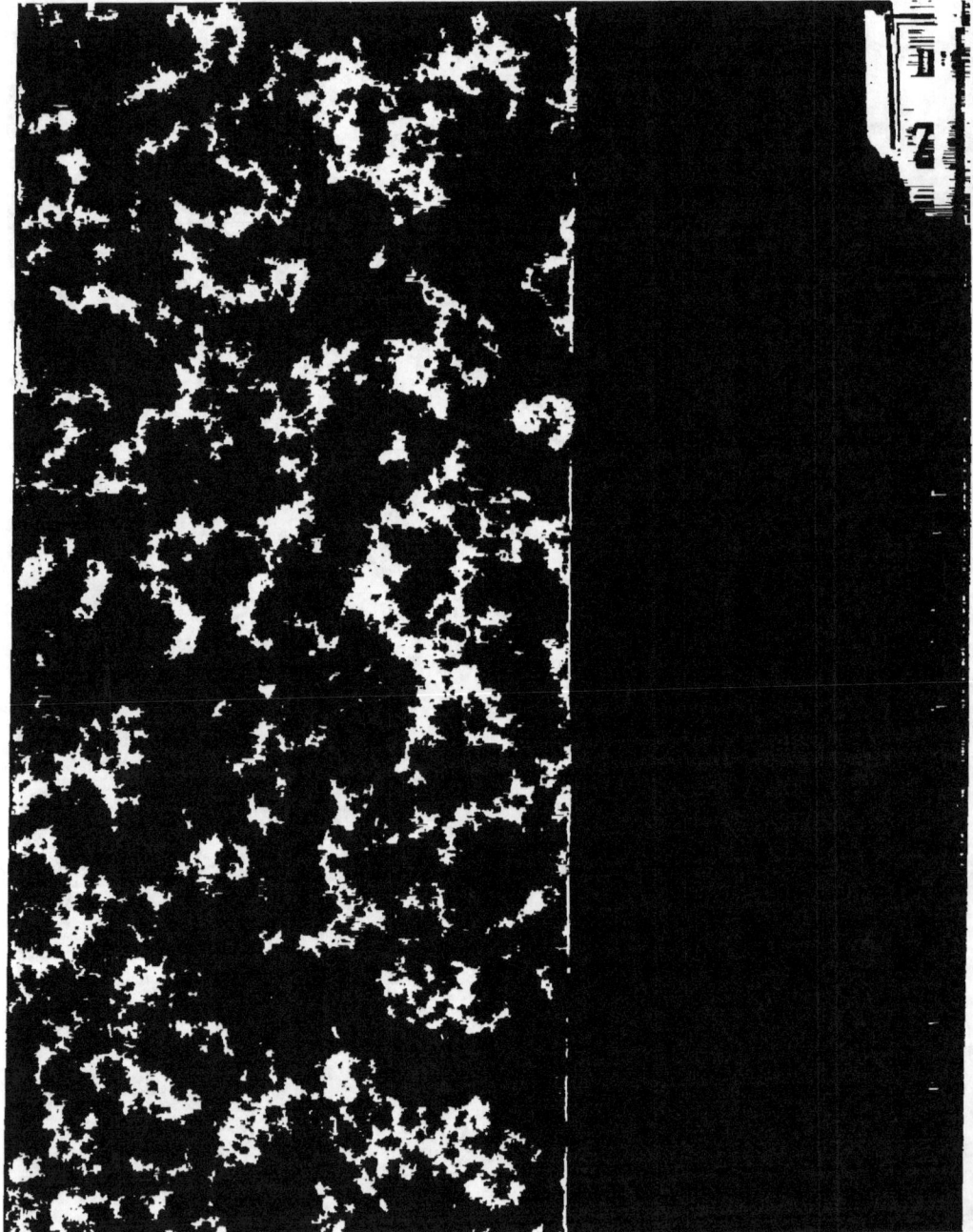